지참금 없는 처녀

지참금 없는 처녀

알렉산드르 니콜라예비치 오스트로프스키 지음

홍기순 옮김

보고사
BOGOSA

머리말

19세기 후반기에 러시아 사회는 다양한 계층의 관객들이 극장을 찾았고, 이들에게는 새로운 연극이 필요하던 시기였다. 오스트로프스키가 활동하기 전까지 러시아 극장에서는 폰비진의 《미성년자》, 그리보예도프의 《지혜의 슬픔》, 고골의 《검찰관》 등이 가장 유명하고 사랑받는 상연 목록이었다. 어린 시절부터 문학에 관심이 많았던 오스트로프스키는 연극에 보다 진지하게 몰두하기 위해서 모스크바 대학교 법학부를 중도에 포기한다. 하지만 부친의 강권에 따라 법원에 근무하면서 희곡의 창작을 시작한 이후, 40년이라는 오랜 기간 동안 러시아 삶의 모든 면을 보여주는 최고의 희곡들을 창작하였다. 오스트로프스키는 법원에서 근무하면서 당시 러시아 상인들의 다양한 삶의 모습과 사고방식을 체득하게 되었고, 그들이 돈 때문에 어떤 죄를 저지르는지, 가족 구성원들이 서로를 어떻게 속이는지, 또한 그들이 어떻게 부를 과시하고, 돈만이 힘이자 진리라고 믿는 그들만의 신념을 확인하는 경험을 하였다. 그는 이러한 경험과 체험을 바탕으로 다양한 상인들의 삶을 주제로 부도덕한 상인들과 정직하고 선량한 인물들을 대비시키고 결합시키는 새로운 연극 세계를 펼쳐보였다. 오스트로프스키는 상인의 세계를 묘사하면서 러시아 사회에서 일어나고 있는 역사적인 변화의 전 과정을 보여주고 있다. 오스트로프스키는 상인들, 관리들, 귀족들이 사용하는 구어를 가장 재능 있게 사용하여 그들의 대화의 본질과 각 등장인물들의 진정한 이미지를 창조하여 전달하는 능력을 가진 작가였다.

1861년 농노해방 이후 러시아 사회는 정치적 경제적 변화가 급속하게 진행되었고, 그에 따라 각 사회 집단과 사람들 사이에서도 새로운 관계가 형성되었다. 오스트로프스키는 이 시기에 등장인물들의 도덕적 인간적 가치를 주제로 다루는 작품들을 창작하기 시작했으며, 기존의 민족 희극에서 가정생활과 심리극으로 장르적 변화를 보여주게 된다. 이러한 장르의 작품들에서는 자신의 인간적 가치를 스스로 지키려는 여성들이 등장하는데, 이런 주인공들이 나오는 오스트로프스키의 작품으로는 《숲》, 《늑대와 양》, 《지참금 없는 처녀》, 《죄 없는 죄인들》이 가장 유명하다. 이 작품들은 사회의 구질서가 무너지고, 그와 함께 정신적 신앙적 이상들이 붕괴되는 복잡한 역사적 시기를 살아가는 민중들의 삶의 파노라마를 보여주고 있다. 오스트로프스키는 상인들의 삶을 배경으로 한 사회의 통속극을 심오한 철학적 정신적 비극으로 승화시킨 작품들을 발표했고, 평생 동안 사실주의 민족 연극의 창작에 헌신했으며, 그의 창작활동은 모스크바 말리 극장과 밀접한 관계를 맺고 있다. 그의 모든 작품은 이 극장에서 상연하기 위해서 창작되었다.

러시아 민족 연극의 초석을 다진 알렉산드르 니콜라예비치 오스트로프스키가 출생한 지 200주년이 되는 2023년이 몇 달 남지 않았다. 오스트로프스키의 《지참금 없는 처녀》를 비롯하여 몇몇 작품은 국내 무대에서 공연이 된 적이 있지만, 안타깝게도 그의 희곡 작품이 우리말로 번역되어 출판된 적은 없다. 이러한 이유로는 국내에서 러시아를 대표하는 극작가로 체호프를 가장 우선시 하는 경향이 강하게 작용하고 있으며, 러시아 연극사에 한 획을 긋는 의미 있는 50여 편의 희곡을 창작하고, 체호프의 새로운 극작법이 출현할 수 있는 계기를 제공한 오스트로프스키가 국내에 제대로 알려지지 않았으며, 그가 이룩한 연극사의 위업을 올바르게 소개하지 못한 여건도 한 몫을 하고 있다. 따라서 오스트로프스키 탄생 200주년을 목전에 두고 국내에서 최초로 번역되어 소개 되는 《지참금 없는 처녀》는 오스트로프스키의 연극 세계의 진면모를 보여준다는 점에서 의미 있는 시작이라 할 수 있다. 이 작품 《지참금 없는 처녀》의 출판을 계기로 국내에서 오스트로프스키의 주옥같은 희곡들이 계속 번역되어 출판되기를 기대해 본다. 3년 전에 시작된 코비드19의 영향과 러-우크라이나 전쟁의 영향으로 한층 다변화 되고 복잡한 국내·외 상황과 정세, 그리고 4차 산업 혁명의 시대를 눈앞에 두고 기존의 질서와 규범 및 가치의 붕괴가 예측되는 국내의 어려운 출판 환경 속에서도 본 작품이 세상에 빛을 볼 수 있도록 흔쾌히 출판에 동의를 해 주신 보고사 김흥국 사장님과 편집을 맡아 꼼꼼하게 많은 수고를 해주신 이순민님에게도 이 지면을 빌어서 감사의 말씀을 전한다.

차례

제 **1** 막

등장인물

하리타 이그나티예브나 오구달로바 – 중년의 과부, 우아하지만 나이에 어울리지 않게 화려한 옷을 입었음.

라리사 드미트리예브나 – 그녀의 딸, 처녀, 우아하지만, 검소하게 옷을 입었음.

모키 파르묘니치 크누로프 – 최근에 부상한 큰 사업가 중 한 사람이며, 엄청난 재산을 가진 중년의 남성

바실리 다닐리치 보제바토프 – 매우 젊은 청년으로 대형 무역 회사의 대표자 중 한사람이며, 유럽 스타일로 옷을 입었음.

율리 카피토니치 카란디세프 – 젊은 남성, 부유하지 않은 관리

세르게이 세르게예비치[1] 파라토프 – 선주(船主) 출신의 명망 있는 귀족이며, 30세 정도

---

1 러시아 부칭을 만들 때 아버지의 이름에 경자음으로 끝날 경우 – '오비치(-ович)', 연자음(-ь)이나 짧은 이(-й)로 끝날 경우 – '예비치(-евич)'를 붙여서 만든다. 그러나 구어체에서는 이보다 더 짧게 발음하는 경향이 있어서 – '예비치(-евич)'를 – '이치(-ич)'로 줄여서 부르는 성향이 있다. 따라서 '세르게예비치'를 '세르게이치'라고 줄여서 발음하고 있다. (역자 주)

로빈존

가브릴로 – 클럽 뷔페의 관리자이자, 가로수 길에 있는 카페 주인

이반 – 카페의 직원

사건은 현재 볼가 강변에 위치한 대도시 브라히모프에서 발생한다.

높은 볼가 강 언덕에 면한 가로수길 거리, 카페 앞에 작은 마당이 있고, 좌측에는 카페로 들어가는 출입구, 우측에는 나무들, 중앙 뒤쪽으로는 낮은 철책이 있다. 그 너머로는 볼가 강의 풍경이 보이고, 숲과 마을 등 넓은 공간이 펼쳐져 있다. 마당에는 식탁들과 의자들이 있는데, 식탁 하나는 카페의 좌측에 있고, 다른 하나는 우측에 있다.

제1장

가브릴로는 카페의 문안에 서 있고,
이반은 마당에서 식탁과 의자들을 정리하고 있다.

이반　　　　　가로수 길에 사람 그림자 하나 안 보이네요.

가브릴로　　경축일이면 항상 그렇지. 과거의 풍습에 따라 사는 거지.
　　　　　　낮 예배가 끝나면, 모두들 피로그[2]와 스프로 늦은 식사를
　　　　　　한 후에 일곱 시간동안 낮잠을 푹 자는 거지.

이반　　　　　아니, 일곱 시간씩이나요? 서너 시간이겠지요. 그거 참
　　　　　　좋은 관습이네요.

가브릴로　　그런 다음에 저녁 예배가 시작될 무렵에야 눈을 뜨고서
　　　　　　는 세 차례 정도의 갑갑증이 날 정도로 차를 마셔대고는
　　　　　　하지...

이반　　　　　갑갑증이라고요! 왜 갑갑증이 날 정도지요?

가브릴로　　사모바르에 바짝 붙어 앉아서, 한 두어 시간 정도 뜨거운
　　　　　　차를 마셔보면 알게 될 거야. 여섯 차례 정도 땀을 뻘뻘
　　　　　　흘리고 나면 첫 번째 갑갑증이 시작될 거야... 사람들이
　　　　　　차 마시는 걸 그만 두고, 가로수 길로 어슬렁거리며 나와
　　　　　　찬 공기를 마시며 산책을 하는 거지. 지금은 잘 차려입은
　　　　　　분들이 산책을 할 거야. 저기 봐라. 모키 파르묘니치 크
　　　　　　누로프씨가 걸으면서 몸을 풀고 계시잖아.

---

2 러시아 야채와 고기, 잼 등의 소를 넣고 구운 만두. (역자 주)

이반	저 분은 매일 아침 약속이나 한 것처럼 가로수 길을 재기라도 하듯이 앞뒤로 왔다 갔다 하시잖아요. 저 분은 왜 저렇게 사서 고생을 하시는 걸까요?

이반 저 분은 매일 아침 약속이나 한 것처럼 가로수 길을 재기라도 하듯이 앞뒤로 왔다 갔다 하시잖아요. 저 분은 왜 저렇게 사서 고생을 하시는 걸까요?

가브릴로 운동을 위해서 하는 거지.

이반 무엇을 위해서 운동을 해요?

가브릴로 식욕을 돋우기 위해서지. 저 분은 식사를 하려면 식욕이 나야 하거든. 저 분의 식사량이 어느 정도인데! 운동을 하지 않고서 그 정도 양의 식사를 다 먹을 수 있겠니?

이반 왜 저 분은 항상 말이 없으실까요?

가브릴로 말이 없다고? 너도 참 괴짜구나... 아 글쎄, 본인이 백만 장자인데, 너는 그가 무엇을 위해 말하는 것을 원하는 거니? 그가 누구에게 말을 건넬 필요가 있겠냐? 저 분과 말을 하는 사람은 이 도시에서 두 세 사람이 될까 말까 할 거야. 그러니 말이 없을 수밖에. 그래서 저 분은 여기 오래 머물러 있지를 않아. 사업이 아니었다면 여기서 살지도 않았을 거야. 저 분은 모스크바나 페테르부르크 아니면 외국에 가야 말을 하시겠지. 저 분은 그런 곳에 가야 더 자유로울 거야.

이반 아 저기, 바실리 다닐리치가 산 밑에서 오고 계시네요. 저 분도 역시 돈 많은 사람이지만, 말씀하시기를 좋아하시잖아요.

가브릴로 바실리 다닐리치는 아직 젊잖아. 소심한데다가 아직은 성숙하지 않아서 그러는 거지. 그렇지만 나이가 들면, 마찬가지로 저렇게 바보가 될 거야.

크누로프가 왼쪽에서 나와 가브릴로와 이반의 인사는
거들떠보지도 않고, 식탁으로 가서 앉는다.
호주머니에서 프랑스 신문을 꺼내서 읽는다.
오른쪽에서 보제바토프가 나온다.

제 2 장

크누로프, 보제바토프, 가브릴로, 이반이 있다.

보제바토프　　(정중하게 인사하며.) 모키 파르묘니치, 건강하게 잘 지내
　　　　　　　셨습니까!
크누로프　　　아! 바실리 다닐리치! (손을 내민다.) 어디서 오는 길이요?
보제바토프　　선창에서 오는 길입니다. (앉는다.)

가브릴로가 가까이 다가간다.

크누로프　　　누군가를 만나고 오는 건가요?
보제바토프　　만나려고 했는데, 못 만났어요. 제가 어제 세르게이 세르
　　　　　　　게이치 파라토프에게서 전보를 받았어요. 제가 그 분의
　　　　　　　증기선을 사려고 해요.
가브릴로　　　바실리 다닐리치, 그 배가 〈제비호〉 아닌가요?
보제바토프　　그렇다네, 〈제비호〉지. 그런데 왜 그러나?
가브릴로　　　빠르고 힘차게 달리는 증기선이지요

보제바토프	그렇지, 그런데 세르게이 세르게이치가 속였다네, 오기로 하고서는 안 왔거든.
가브릴로	나리는 〈비행선호〉를 타고 그들이 올 거라고 기다렸겠지만, 아마도 그들은 자신의 배 〈제비호〉를 타고 오실 겁니다.
이반	바실리 다닐리치, 저기 위쪽에서 또 다른 증기선이 달려오는데요.
보제바토프	볼가 강을 따라 다니는 배들이 적지는 않잖아.
이반	저 배는 세르게이 세르게이치가 타고 오시는 겁니다.
보제바토프	자네는 왜 그렇게 생각하는가?
이반	예, 매우 비슷해서요. 그들인 거 같아요... 〈제비호〉는 외관이 매우 눈에 띄거든요.
보제바토프	자네는 7 베르스타[3] 거리에서 겉모양을 알아보는 모양이네.
이반	10 베르스타 거리에서도 알아 볼 수 있지요... 게다가 빨리 오는 걸 보니, 지금 배의 주인과 함께 오는 게 분명해요.
보제바토프	그게 아직 멀리에 있는가?
이반	섬 뒤에서 나왔어요. 쏜살같이 달리는데요, 쏜살같이 빨리 달려와요.
가브릴로	자네 지금 쏜살같이 달린다고 했나?
이반	쏜살같이 달리는데요. 무서울 정도로요! 〈비행선호〉보

---

3 제정 러시아시대 거리 단위로 1베르스타는 1067미터. (역자 주)

다 훨씬 빨리 달리고 있어요.

가브릴로　　　그들이 오는 거 같은데요.

보제바토프　　(이반에게.) 자네는 선창에 도착하는 대로 말을 해주게.

이반　　　　　알겠습니다… 아마도 축포를 쏠 겁니다.

가브릴로　　　반드시 그렇게 할 겁니다.

보제바토프　　무슨 축포를 쏜다는 건가?

가브릴로　　　저기 볼가 강 중간쯤에 그들의 바지선들이 있는데, 그
　　　　　　　곳에 닻을 내리지요.

보제바토프　　나도 알고 있네.

가브릴로　　　바로 그 바지선 위에 대포가 있어요. 세르게이 세르게이
　　　　　　　치를 맞이할 때나 전송할 때는 항상 축포를 쏘고는 하지
　　　　　　　요. (카페 뒤쪽을 바라보면서.) 저기 사륜마차가 그분을 맞
　　　　　　　이하러 가고 있네요. 치르코프의 마차가요! 아마도 치르
　　　　　　　코프에게 나리 자신이 도착한다는 것을 알린 것 같아요.
　　　　　　　주인인 치르코프 본인이 직접 마부석에 있는 걸로 보아
　　　　　　　서는 그분을 모시러 가는 거지요.

보제바토프　　그래 자네는 그 분을 모시러 간다는 것을 어떻게 알지?

가브릴로　　　저걸 보세요. 네 마리의 말을 나란히 메고서 천천히 그분
　　　　　　　을 마중 나가는 거지요. 치르코프가 누구를 위해서 사륜
　　　　　　　마차를 몰고 가겠습니까? 보는 것만으로도 어마무시하
　　　　　　　지요… 사자들 같은 걸요… 네 마리 말 전부에게 입에
　　　　　　　재갈을 물렸는데요! 저 마구(馬具), 저 마구를 보세요!
　　　　　　　그분들을 모시러 가는 거지요.

이반　　　　　집시도 번쩍거리는 카자크 옷을 입고 마치 허리를 부러

뜨리기라도 할 것처럼 가죽 띠를 조여 매고 치르코프와 함께 마부 자리에 앉아 있어요.

가브릴로 저건 그분들을 모시러 가는 겁니다. 저런 사륜마차는 아무나 타는 게 아니니까요. 그분들이에요.

크누로프 파라토프가 호사스럽게 사는군요.

보제바토프 다른 것은 모르지만, 호사는 충분히 누리고 있지요.

크누로프 증기선은 싸게 사는가요?

보제바토프 싸게 삽니다, 모키 파르묘니치.

크누로프 물론, 그래야겠지요. 그렇지 않다면 무슨 이득이 나서 사겠어요. 그 사람은 왜 파는 거지요?

보제바토프 수익이 나지 않는 걸로 알고 있어요.

크누로프 물론, 그에게는 그럴 법한 일이지요! 이런 일은 귀족의 일이 아니지요. 하지만 당신은 이득을 볼 수 있을 거요, 특히 배를 저렴하게 구입 할 수만 있다면요.

보제바토프 우리에게는 아주 좋은 거래지요. 우리는 강 하류로 가는 짐이 많거든요.

크누로프 돈이 필요해서 그러는 거 아닐까요?... 아시다시피 그가 낭비벽이 심하잖아요.

보제바토프 그 분 사정이지요. 저는 돈을 준비해 두었으니까요.

크누로프 그렇지요. 돈을 가지고 있으면 사업을 할 수 있지요, 할 수 있어요. (미소를 지으며.) 바실리 다닐리치, 돈을 많이 가지고 있는 사람에게는 좋은 일이지요.

보제바토프 일이 나쁘지는 않지요! 모키 파르묘니치, 당신 자신이 누구보다도 더 잘 아시잖아요.

크누로프	알지요, 바실리 다닐리치, 알고말고요.
보제바토프	모키 파르묘니치, 시원한 것 좀 마시지 않으실래요?
크누로프	무슨 소리에요, 이른 아침에! 나는 아직 아침 식사도 안 한걸요...
보제바토프	걱정하지 마세요. 제가 한 영국인을 아는 데요. 그 사람은 공장의 지배인이에요. 그가 말하기를, 감기에는 공복에 샴페인을 마셔주는 것이 좋다고 했거든요. 그런데 제가 어제 약한 감기에 걸렸어요.
크누로프	어떻게 그럴 수가 있지요? 이렇게 따뜻한 날씨에요.
보제바토프	예, 그러게요, 이게 다 변덕스러운 날씨 때문에 감기에 걸린 것 같아요. 아주 찬 것을 먹었거든요.
크누로프	좋은 건 아니에요. 사람들이 본다면, 이른 새벽부터 샴페인을 마신다고 말들을 할 테니까요.
보제바토프	그렇다면 사람들이 나쁜 말을 하지 않도록, 우리는 차나 마시지요.
크누로프	그래, 차라면 다른 문제지요.
보제바토프	(가브릴로에게.) 가브릴로, 우리에게 내가 늘 마시는 차로 가져다주게, 자네 알아들었지? 내 차 말이야!
가브릴로	알겠습니다. (나간다.)
크누로프	당신은 무슨 특별한 것을 마시는 모양이지요?
보제바토프	예, 그것은 샴페인이지요. 다만 차 주전자에 담고, 받침 접시에 받쳐서 잔을 내오지요.
크누로프	기발한 방법이군요.
보제바토프	필요는 발명의 어머니잖아요, 모키 파르묘니치!

크누로프	전시회를 보러 파리에 가지는 않나요?
보제바토프	증기선을 사서 거기에 짐을 실어 강 하류로 보내고 갈 겁니다.
크누로프	나는 몇 일내로 갈 거요. 벌써부터 나를 기다리고들 있어서요.

가브릴로가 샴페인이 든 두 개의 차 주전자와
두 개의 잔을 쟁반에 담아 가져온다.

보제바토프	(따르면서.) 모키 파르묘니치, 소식을 들으셨나요? 라리사 드미트리예브나가 시집을 간다네요.
크누로프	시집을 가다니요? 무슨 말이에요! 누구한테요?
보제바토프	카란디세프한테요.
크누로프	그 무슨 헛소리에요! 이런 환상도 있다니! 카란디세프가 뭐하는 자인데요! 그 자가 어떻게 그 여자의 짝이 되지요, 바실리 다닐리치.
보제바토프	짝은 무슨 짝이겠어요! 그렇지만 하는 수 없지요. 어디서 신랑감을 구하겠어요? 아시다시피 그 아가씨는 지참금이 없잖아요.
크누로프	하지만 지참금 없는 처자들도 훌륭한 신랑감들을 구하잖아요.
보제바토프	세월이 달라졌어요. 이전에는 신랑감이 많아서 지참금 없는 아가씨에게도 충분했지만, 지금은 신랑감이 없지요. 다시 말하자면 지참금이 있는 아가씨들의 수 만큼만

신랑감들이 있기에, 남는 신랑감이 없다 보니 지참금 없는 아가씨들에게는 여지가 없지요. 만일 하리타 이그나티예브나가 형편이 더 좋았더라면, 정말로 카란디세프에게 딸을 주려고나 했겠어요?

크누로프 영악한 여자지요.

보제바토프 그 부인은 분명 러시아 여자가 아닐 거예요.

크누로프 왜요?

보제바토프 너무 약삭빠르니까요.

크누로프 그런데 그 부인이 어째서 그런 실수를 했을까요? 오구달로프 가문은 그래도 점잖은 집안인데요. 그런데 갑자기 근본 없는 카란디세프라니요!... 그래 그 여자가 그렇게도 영악해서... 그 집에는 항상 청년들이 득실거렸는데요!...

보제바토프 그녀의 집에 가는 것이야 모두들 좋아서 가기는 했지요, 매우 재밌으니까요. 아가씨가 예쁜데다가, 여러 가지 악기들을 연주하고, 노래도 부르지요, 교제는 자유로웠고, 그래서 거기에 끌렸던 거지요. 그렇지만 그 아가씨와 결혼하는 것은 생각해 봐야 하지요.

크누로프 그 부인은 이미 딸 둘을 시집보내지 않았나요?

보제바토프 보내기야 했지요. 그렇지만 행복하게 살고 있는 지는 그들에게 물어봐야겠지요. 어떤 산골에 사는 카프카스의 공작이 큰 딸을 데려 갔지요. 그때 정말 재미있는 일이 있었지요! 그 공작이 큰 딸을 처음 보고 나서, 그만 열정이 끓어올라서 울기까지 하면서, 2주일 동안이나 단검을 들고서는 아무도 그녀에게 다가오지 못하도록 그 여자 곁에 줄곧 붙어 서서, 눈알을 부라려댔지요. 그런 후에 결혼식을 마치고 떠났는데, 카프카스에 당도하기도 전에 질투가 나서 찔러 죽였다는 소문이 들리더군요. 그 후에 둘째 딸 역시 어느 외국인에게 시집을 보냈는데, 나중에 알고 보니 외국인이 아니라 협잡꾼이었다고 하더군요.

크누로프   오구달로바가 생각이야 영리하게 했지요. 재산도 많지 않아서 지참금을 줄 것도 없다 보니, 그녀는 항상 손님을 치르면서 누구나 받아들이려고 했지요.

보제바토프   그녀 자신도 즐기며 사는 것을 좋아하지요. 게다가 그녀의 재산이 그렇게 많지 않다보니, 그런 생활을 하며 살기에는 돈이 모자라서…

크누로프   그녀는 돈을 어디서 구하나요?

보제바토프   신랑감들이 내지요. 딸에게 반한 사람이 그만큼 돈을 쓰는 거지요. 나중에 지참금까지도 신랑감한테서 받아낼 요량이니, 어디 지참금을 요구나 할 수 있겠어요.

크누로프   하지만 내 생각에 신랑감들뿐만 아니라 당신도 그 집에 꽤나 자주 다녀서 적지 않은 금액의 돈이 들어갔을 거 같은데요.

보제바토프   저는 파산은 당하지 않았어요, 모키 파르묘니치, 어떻게 하겠어요? 향락을 위해서라면 돈을 써야지요. 공짜로 향락을 얻을 수는 없으니까요. 게다가 그 집에 있는 것은 큰 즐거움이거든요.

크누로프   사실, 당신 말처럼 큰 즐거움이기는 해요.

보제바토프   그런데 당신은 전혀 다니시지 않더군요.

크누로프   예, 자리가 불편해서지요. 그 집에는 어중이떠중이들이
          너무 많이 있었어요. 게다가 나중에 마주치면 아는 체
          하며 이야기를 하자고 하는 판이니까요. 예를 들어서,
          카란디세프 같은 그런 인간들이요. 감히 나하고 무슨 지
          인 사이가 되겠어요?

보제바토프   그렇지요. 그 집은 마치 시골 장터 같았어요.

크누로프   그러니 좋은 게 뭐가 있겠어요! 어떤 사람은 라리사 드미
          트리예브나에게 인사치레로 아부를 떨고, 어떤 사람은
          듣기 좋은 소리로 끊임없이 알랑거려대니, 어디 그 아가
          씨하고 말 한마디나 나눌 수 있겠어요. 걸리적거리는 인
          간들 없이, 그 아가씨와 단 둘이 자주 만나게만 된다면,
          아주 유쾌하지요.

보제바토프   그렇게 하려면 결혼을 해야지요.

크누로프   결혼을 한다! 그게 누구나 다 할 수 있는 것도 아니고,
          누구나 다 하려고 하지는 않지요. 예를 들어, 나 같은
          사람은 이미 결혼을 했으니까요.

보제바토프   그러니까 별 도리가 없지요. 포도는 좋은 데, 매우 신맛
          인 것이지요, 모키 파르묘니치.

크누로프   당신은 그렇게 생각해요?

보제바토프   뻔한 일 아닌가요. 사람들은 자석처럼 들어맞는 규칙들
          이 아니잖아요. 좋은 기회는 적지 않게 있었지만, 막상
          이용할 수가 없다보니, 심지어 카란디세프 같은 이에게
          시집을 가는 거지요.

크누로프	그런 아가씨와 함께 파리에 전시회를 보러 다녀온다면 아주 좋을 텐데요.
보제바토프	그렇지요, 따분하지는 않을 겁니다. 여행이 유쾌하겠지요. 당신에게 그런 좋은 계획이 있었군요. 모키 파르묘니치.
크누로프	그래 당신도 역시 이런 방안이 없는 건 아니잖아요?
보제바토프	어디 제가요. 저는 그런 일에는 풋내기지요. 저는 여자한테 용감하지를 못해서요. 당신이 아시는 바처럼, 제가 매우 도덕적이고 가부장적인 교육을 받았잖아요.
크누로프	그건 뻔한 소리지요! 당신에게는 나보다 더 많은 기회가 있지요. 젊다는 것은 대단한 기회니까요. 게다가 돈을 아끼지 않지요. 증기선을 싼 값에 살 거니까 그 이익을 가지고서 쓸 수도 있잖아요. 아마도 이렇게 다니는 것이 〈제비호〉보다는 비용이 더 많이 들겠지요?
보제바토프	어떤 상품이나 제 값은 있는 법이지요, 모키 파르묘니치. 제가 나이는 젊지만, 분수없이 덤비지도 않고, 쓸데없이 주지도 않습니다.
크누로프	장담하지 마시요! 당신 나이에는 아무런 계산 없이 쉽게 사랑에 빠지고는 하지요.
보제바토프	아니요, 모키 파르묘니치, 저는 왜 그런지 모르지만, 아직 제 자신에게서 그런 걸 느끼지 못하거든요.
크누로프	무엇을 느끼지 못한다는 거지요?
보제바토프	바로 사랑이라고 부르는 것을요.
크누로프	좋아요, 훌륭한 상인이 되겠네요. 그렇지만 어찌되었든

	당신은 그 누구보다도 그 아가씨와 더 친한 사이지요.
보제바토프	제가 특별히 더 친한 게 뭐 있겠습니까? 가끔 어머니 모르게 그 아가씨에게 슬며시 샴페인을 한 잔 더 따라 주거나, 노래를 가르쳐 주거나, 아가씨들이 읽어보지 못한 소설들을 가져다주거나 하는 정도지요.
크누로프	그러니까 아주 조금씩 타락시킨다는 거군요.
보제바토프	저하고 무슨 상관이겠어요! 아시다시피 제가 억지로 강요하는 것도 아니잖아요. 그렇다고 해서 제가 그 아가씨의 보호자도 아닌데 그녀의 품행까지 생각할 필요는 없지요.
크누로프	내 생각에 아직도 의아한데, 라리사 드미트리예브나한테 카란디세프 외에는 신랑감이 전혀 없었나요?
보제바토프	있었지요, 허나 그 아가씨가 너무 순진했지요.
크누로프	어떻게 순진했다는 건가요? 바보라는 말인가요?
보제바토프	바보가 아니라 어머니처럼 영악하지 못해요. 어머니는 그야말로 교활함과 아첨이 일상인데, 이 아가씨는 안해도 될 말을 해버리고는 하지요.
크누로프	진실을 털어 놓는다는 거군요.
보제바토프	그렇지요. 진실을 숨김없이 말하곤 하지요. 지참금 없는 아가씨가 그래서는 안 되는 법인데, 자기 마음에 드는 사람에게는 자기 마음을 조금도 감추지 않거든요. 작년에 세르게이 세르게이치 파라토프가 나타났을 때만 해도 그 아가씨가 홀딱 반했었지요. 그런데 그가 두 달 동안이나 드나들면서 다른 신랑감들을 죄다 물리치고 나서는,

갑자기 종적을 감추어서 행방을 알 수 없게 되었지요.

크누로프　　그 사람에게 무슨 일이 있었답니까?

보제바토프　그걸 누가 알겠어요! 아시다시피 그 사람은 알 수 없는 인간이잖아요. 그런데 그 아가씨는 그를 어찌나 사랑했던지 죽을 정도로 애를 태웠지요. 얼마나 정이 많은 아가씨이던지! (웃는다.) 그 사람의 뒤를 따라 찾으러 갔다가, 두 번째 정거장에서 어머니에게 붙들려서 돌아왔지요.

크누로프　　그런데 파라토프 후에도 신랑감들이 있었나요?

보제바토프　두 사람이 더 있었지요. 중풍이 있는 어느 노인네하고, 어떤 공작 집 관리인으로 일하면서 돈을 모았다는 만년 주정뱅이가요. 라리사에게는 그들을 거들떠 볼 경황도 없었는데, 어머니는 그들에게 상냥하게 굴어야 한다고 명령을 했지요.

크누로프　　아무튼 그녀의 입장이 딱하게 되었군요.

보제바토프　그렇지요. 우스운 꼴이 되었지요. 그녀의 두 눈에는 종종 눈물이 그렁그렁했는데 아마도, 울고 싶은 심정이었겠지요. 그래도 어머니는 웃으라고 강요했지요. 그 후에 갑자기 문제의 회계원이 나타났지요... 그가 돈을 어찌나 물 쓰듯이 했던지, 그렇게 하리타 이그나티예브나를 돈으로 묶어놓았지요. 그가 모든 사람들을 물리치고 거들먹거렸지만, 그것도 오래 가지는 못했지요. 그 집에서 그가 체포를 당했으니까요. 톡톡히 망신을 당했지요. (웃는다.) 오구달로바네 사람들이 한 달 정도를 아무데도 얼굴을 내밀지 못했으니까요. 그래서 라리사는 어머니에게 '그만큼 창피를 당했으면 되었어요, 돈 있는 부자든 가난한 사람이든 결혼하자고 한다면, 그게 누구든 나는 첫 번째 사람에게 시집갈 거예요, 나는 가리지 않을 거예요'라고 분명하게 말을 했지요. 그런데 바로 그때 카란디세프가 청혼을 한 거지요.

크누로프   도대체 그 카란디세프는 어디서 나타난 겁니까?

보제바토프   그 자는 오래전부터 그 집 주변을 빙빙 겉돌았지요. 한 3년 정도요. 쫓아내지도 않았지만, 그렇다고 탐탁히 여기지도 않았지요. 가끔씩 돈 많은 신랑감들이 한 사람도 보이지 않을 때에는 그 자를 붙들어 두기도 하고, 또 집이 아주 비어있지 않게 하려고 간혹 들이기도 했지요. 그러다가 다시 어느 돈푼이나 있는 자가 자주 드나들게 되면 그 집에서는 카란디세프와 말도 섞지 않았고, 거들떠보지도 않아서 다른 사람들이 보기에도 정말 불쌍해 보였지요. 그런데도 그 작자는 구석 한 쪽에 앉아서 별별 짓을 다하면서, 누군가가 눈을 부라리기라도 하면 절망한 척 하기도 했지요. 한 번은 총으로 자살을 하려다가 잘 되지 않아서 모두에게 웃음거리만 되었지요. 그런데 참 재미있는 일이 있었는데, 언젠가 아직 파라토프가 그 집에 있을 때인데, 그 집에서 가장 무도회가 열렸고, 거기서 카란디세프가 강도로 분장을 하고 손에 도끼를 들고서 모두를 사나운 눈초리로 쏘아 보았는데, 특히 세르게이 세르게이치에게 그렇게 했지요.

크누로프   그래서 어떻게 되었나요?

보제바토프	도끼를 빼앗은 후에 옷을 갈아입으라고 명령했지요. 그렇지 않으면 꺼지라고요!
크누로프	그러니까, 그 사람은 집요함 덕분에 표창을 받았네요. 그가 아주 기뻐했겠네요.
보제바토프	기뻐하다 뿐이겠어요, 두 눈이 오렌지처럼 반짝거렸지요. 얼마나 우습던지! 아시다시피 그 사람이야 말로 우리한테는 괴짜잖아요. 오구달로바가 바라는 것은 그 사람이 빨리 서둘러서 결혼을 하고 자신의 조그만 영지로 가버리면, 소문도 곧 잠잠해지는 것이었지요. 그런데 그 사람은 라리사를 가로수 길로 데려가서 그녀와 팔짱을 낀 채, 누구라도 마주치기를 바라듯이 머리를 잔뜩 추켜들고 돌아다녔지요. 게다가 무슨 이유때문인지 한 번도 쓰지 않던 안경까지 쓰고서요. 인사를 한다는 게 겨우 고개만 까닥하고, 이전에 그 사람한테서 들어 본 적이 없던 톤으로 말하면서, 지금 '나는요 내가, 나는 하고 싶소, 나는 바라오.'라고만 줄곧 해댔지요.
크누로프	완전 러시아 무지렁이 같군요. 그들은 술에 취하면 모두에게 보란 듯이 우쭐거리기까지 하지요. 그렇게 우쭐대다가 호되게 한 두어 번 얻어맞으면 그때서야 제 정신을 차리고 잠자러 가고는 하지요.
보제바토프	그렇지요. 카란디세프도 그 꼴을 벗어나지는 못할 것 같아요.
크누로프	불쌍한 아가씨로군요! 그 자의 행동을 보아하니, 그 아가씨가 얼마나 고생을 하겠어요.

보제바토프	그 자는 자기 집을 번쩍거리게 꾸밀 궁리를 했는데, 그게 얼마나 해괴하던지. 서재의 벽에다 아주 값싼 양탄자를 못으로 박아 붙이고는 단도나 툴라[4]제 권총들을 걸어 놓았답니다. 직업이 포수라면 모르겠지만, 생전에 총 한 번 잡아본 적도 없는 자가 자기 집에 사람들을 데리고 가서 보여주고는 사람들을 놀라게 하고는 했지요. 자존심이 세고 질투가 많은 자라서 칭찬을 해주어야지, 그렇지 않으면 화를 내곤 한다지요. 시골마을에서 말을 보내오게 했는데 털빛이 얼룩덜룩한 삐쩍 마른 말을 보내 왔지요. 마부는 조그마한데 그가 걸치고 있는 겉 외투는 아주 큼지막하더군요. 그리고 마차에 그 약골의 말을 메워 라리사 드미트리예브나를 태우고서는 천량짜리 준마라도 타고 가는 것처럼 달리더군요. 그런데 가로수 길에 나갈 때에는 경찰에게 '내 마차를 대령하라고 하게!'라고 소리를 질러대더군요. 그러면 마차가 음악을 연주하면서 다가오더군요. 마차의 모든 나사와 너트가 달그락 거리고 삐걱거리면서 다양한 소리를 내고, 용수철은 마치 살아있는 것처럼 뛰놀더군요.
크누로프	라리사 드미트리예브나가 정말로 불쌍하군요! 불쌍해요.
보제바토프	왜 당신이 그렇게 동정심을 가지세요?
크누로프	원래 이 아가씨는 호사스럽게 살도록 태어난 것을 당신도 알고 있잖아요? 값비싼 금강석이나, 번쩍거리는 금붙

---

4 모스크바에서 남쪽으로 170여 킬로미터 떨어져 우파 강변에 자리한 도시. (역자 주)

	이가 필요하지요.
보제바토프	훌륭한 보석공도 필요하지요.
크누로프	당신 말이 전적으로 맞아요. 보석공도 보통장인이 아니라 예술가여야 하지요. 그런 가난한 형편에 더욱이 남편까지 멍청하면 그 아가씨는 죽고 말든가 아니면 저속해지겠지요.
보제바토프	저도 그 아가씨가 그 사람을 조만간에 버릴 것이라는 생각이 들거든요. 지금 그 아가씨는 벌써 죽은 사람과 마찬가지에요. 정신을 차려보면 남편이 어떤 인간인가를 더 분명하게 알게 되겠지요. (조용하게.) 바로 저기 그 사람들이 오는데요. 호랑이도 제 말하면 나타난다더니…

카란디세프, 오구달로바, 라리사가 등장한다.
보제바토프가 일어나서 인사한다.
크누로프는 신문을 꺼내든다.

제 3 장

크누로프, 보제바토프, 카란디세프, 오구달로바가 있고,
라리사는 구석의 철창 곁에 있는 벤치에 앉아서
오페라 안경으로 볼가 강 너머를 바라보고 있다.
가브릴로와 이반이 있다.

오구달로바   (식탁 쪽으로 다가오며.) 여러분 안녕하세요!

카란디세프가 그녀를 뒤따라 다가온다.
보제바토프는 오구달로바와 카란디세프에게 손을 내민다.
크누로프는 말없이 자리에 앉은 채로
오구달로바에게 손을 내밀고
카란디세프에게는 가볍게 고개를 숙이고
다시 신문 읽기에 몰두한다.

보제바토프   하리타 이그나티예브나, 어서 앉으세요! (의자를 가져다
             놓는다.)

오구달로바가 앉는다.

차를 시키지 않으실래요?

카란디세프가 조금 떨어져 않는다.

오구달로바   그래요, 차를 마시지요.
보제바토프   이반, 차 한 잔을 주게, 그리고 뜨거운 물도 좀 더 주게!

이반이 차 쟁반을 들고 나간다.

카란디세프	이런 시간에 차를 마시다니, 이 무슨 환상일까요? 저는 놀랍네요.
보제바토프	갈증이 나서요. 율리 카피토니치, 글쎄 무엇을 마셔야 할지 저는 모르겠는데요. 조언을 해 주시면 – 정말 고맙겠습니다만.
카란디세프	(시계를 본다.) 지금이 정오인데, 보드카 한 잔을 마시고, 커트렛을 먹고, 좋은 포도주 한 잔을 마실 수도 있겠지요, 저는 항상 아침을 그렇게 먹지요.
보제바토프	(오구달로바에게.) 인생이 그런 거지요. 하리타 이그나티예브나, 부럽습니다. (카란디세프에게.) 단 하루만이라도 당신처럼 살아봤으면 할 뿐이지요. 보드카에 포도주라니! 우리는 그렇게 취한 상태로 정신을 잃은 생활을 해서는 안 되지요. 당신은 뭐든 다 할 수 있겠지요: 당신은 자본이 없어서, 그것을 털리는 일도 없을 테니까요, 그런데 우리는 불행히도 그렇게 태어났기 때문에, 세상에서 해야만 하는 일이 매우 많거든요. 그래서 우리는 절대로 정신을 잃어서는 안 되지요.

이반이 차 주전자와 찻잔을 가져온다.

하리타 이그나티예브나, 어서 드세요! (차를 따르고 찻잔을 내민다.) 저는 차도 차가운 것을 마시지요, 다른 사람들이 제가 뜨거운 음료를 마신다고 말하지 않도록 하려고요.

오구달로바	차가 차가운데요, 바샤,5 다만 자네가 나에게 차를 너무 많이 따라 주었네.
보제바토프	괜찮습니다. 아무쪼록 쭉 들이켜 마시세요! 야외에서는 해롭지 않으니까요.
카란디세프	(이반에게.) 오늘 나한테 와서 점심 시중을 들어주게.
이반	알겠습니다. 율리 카피토니치.
카란디세프	여보게, 자네 좀 더 깨끗한 옷을 입고 오게나.
이반	물론 연미복이지요. 그거야 누가 모르겠어요.
카란디세프	바실리 다닐리치, 오늘 저희 집에 점심 식사하러 와 주세요!
보제바토프	정말 고맙습니다. 저도 역시 연미복을 입고 가야하나요?
카란디세프	좋을 대로 하시지요. 문제 될 것은 없습니다. 부인들도 오실 겁니다.
보제바토프	(인사하며.) 알았습니다. 제가 창피 당하지 않도록 하겠습니다.
카란디세프	(크누로프에게 다가가서.) 모키 파르묘니치, 오늘 점심 식사 하시러 저희 집으로 오실 수 있겠습니까?
크누로프	(놀라서 그를 바라보며.) 댁으로요?
오구달로바	모키 파르묘니치, 저희 집이나 마찬가지예요. 라리사를 위한 점심이지요.
크누로프	예, 그래서 당신이 초대하시는 건가요? 좋습니다, 저도 가지요.

---

5 러시아 이름 '바실리'를 좀 더 정답게 부르는 애칭. (역자 주)

카란디세프	그럼, 그렇게 알겠습니다.
크누로프	제가 가겠다고 이미 말했지요. (신문을 읽는다.)
오구달로바	율리 카피토니치는 미래의 제 사위지요. 이 사람에게 라리사를 주겠어요.
크누로프	(읽기를 계속하면서.) 그거야 당신이 결정할 일이지요.
카란디세프	그렇지요. 모키 파르묘니치, 제가 결단을 내렸습니다. 저는 대체로 항상 편견 너머에 있으니까요.

크누로프가 귀찮은 듯이 신문으로 얼굴을 가린다.

보제바토프	(오구달로바에게.) 모키 파르묘니치는 엄격한 분이지요…
카란디세프	(크누로프에게서 물러나 보제바토프한테 와서.) 나는 훌륭한 분들만이 라리사 드미트리예브나 주위에 모이기를 바랍니다.
보제바토프	그러니까 나도 훌륭한 사람들 축에 드는 거군요? 고맙습니다, 뜻밖입니다. (가브릴로에게.) 가브릴로, 차 값이 얼마인가?
가브릴로	네, 2인분을 청하셨지요?
보제바토프	그래, 2인분이지.
가브릴로	다 아시면서요, 바실리 다닐리치, 처음도 아니시면서. 뭐… 13루블[6]이지요.
보제바토프	오호라, 그렇지, 나는 조금 싸졌나 했지.

---

6 러시아의 화폐 단위로 1루블은 100코페이카이다. (역자 주)

가브릴로	왜 싸지겠습니까! 돈 시세니, 세금이니, 생각해 보십시오!
보제바토프	내가 자네하고 실랑이를 하는 것도 아닌데, 왜 성가시게 하나! 돈이나 받고 물러가게! (돈을 내민다.)
카란디세프	왜 그렇게 비싼가? 나는 이해가 안 되네.
가브릴로	비싼 분에게는 비싸도 안 비싼 분에게는 안 비싸지요. 나리는 원래 그런 차를 드시지 않으니까요.
오구달로바	(카란디세프에게.) 그만 두세요, 자기 일이 아니면 참견 하지 마세요!
이반	바실리 다닐리치, 〈제비호〉가 다가오고 있습니다.
보제바토프	모키 파르묘니치, 〈제비호〉가 다가오고 있다고 하네요. 보지 않으실래요? 아래로 내려가지 말고 산에서 보시 지요.
크누로프	갑시다. 보고 싶네요. (일어선다.)
오구달로바	바샤, 당신 마차를 타고 가겠어요.
보제바토프	타고 가세요, 빨리만 보내 주세요! (라리사한테로 가서 작 은 소리로 이야기한다.)
오구달로바	(크누로프한테 가서.) 모키 파르묘니치, 저희들은 결혼식 준비를 하고 있어요. 그래서 저희가 얼마나 바쁜 지를 모르실거예요.
크누로프	그러겠지요.
오구달로바	전혀 예상하지 못한 비용들이 난데없이 지출 되는군 요... 바로 또 내일은 라리사의 생일이어서, 뭔가 좀 선물 을 해 주고 싶은데...
크누로프	좋습니다. 제가 댁에 들리지요.

오구달로바가 나간다.

라리사   (보제바토프에게.) 안녕히 가세요, 바샤.

보제바토프와 크누로프가 나간다.
라리사가 카란디세프한테로 간다.

제 4 장

카란디세프와 라리사가 있다.

라리사   나는 지금까지 볼가 강 너머의 모든 것을 보았어요. 저기
                는 얼마나 좋을까요. 저 건너편 말이에요! 우리 어서 빨
                리 시골로 가요!
카란디세프   당신이 볼가 강 건너편을 보았다고요? 그런데 보제바토
                프가 당신에게 무슨 말을 하던가요?
라리사   별거 아니에요. 그저 부질없는 이야기에요. 그런데 제
                마음은 저 강 건너편으로, 숲 속으로 자꾸 끌려요... (생
                각에 잠겨.) 떠나요, 이 곳에서 떠나요!
카란디세프   그래도 이상하네요! 그 사람이 당신에게 무슨 할 말이
                있을까요?
라리사   에휴, 그 분이 무슨 이야기를 하던, 그게 당신과 무슨

상관이 있지요!

카란디세프 당신이 그 사람을 바샤라고 부르고 있어서요. 젊은 사람과 허물이 없어도 정도가 있어야지요!

라리사 우리는 어린 시절부터 아는 사이에요. 어릴 때부터 함께 어울려서 그게 익숙해서 그런거지요 .

카란디세프 당신은 옛날 버릇을 고쳐야겠네요. 실속 없는 머저리 같은 사람과 친하게 지내서 뭐하려는 거지요! 당신들의 지금까지 지냈던 그런 사이를 더는 참을 수가 없어요.

라리사 (화를 내며.) 우리 사이에는 어떤 어리석은 일도 없었어요.

카란디세프 집시 무리들 같은 생활이었잖아요. 바로 그렇게 하지 않았나요.

라리사가 눈물을 닦는다.

도대체 무엇이 당신을 기분 상하게 한 거지요, 용서하세요!

라리사 집시의 무리면 어때요, 그 무리 속에서는 적어도 즐거웠어요. 당신은 저에게 그 무리보다 더 잘 해 줄 수 있는가요?

카란디세프 그야 물론이지요.

라리사 당신은 왜 그 무리, 그 무리하면서 제게 항상 핀잔을 주지요? 제가 그런 생활을 좋아서 하는 줄 아세요? 어머니에게는 그런 생활이 필요했고, 저는 시키는 대로 살았어요. 그러니까 제가 좋던 싫던 간에 그런 생활을 할 수

밖에 없었지요. 집시의 생활이니 뭐니 하면서 끊임없이 저를 아프게 힐책하는 것은 어리석고 가혹한 짓이에요. 만일 제가 고요함과 고독을 찾지 않거나, 사람들로부터 벗어나고 싶어 하지 않았다면, 과연 제가 당신에게 왔겠어요? 그러니까 그런 제 심정을 헤아릴 줄 알아야 해요. 제가 당신을 선택한 것을 당신의 장점들 때문이라고 여기지는 마세요. 저는 당신의 장점을 아직 모르니까요. 아직까지는 단지 당신을 사랑해 보려고 할 뿐이니까요. 저는 소박한 가정생활이 마음에 들어요. 저에게는 그런 생활이 천국처럼 여겨져요. 아시다시피 저는 갈림길에서 있어요. 저를 믿어주세요. 저에게는 격려와 동정이 필요해요. 저를 다정하게, 사랑을 가지고 대해 주세요! 이런 순간들을 꼭 붙들고 놓치지 마세요!

카란디세프 라리사 드미트리예브나, 나는 결코 당신을 기분 상하게 하려고 한 것은 아니에요. 내가 하고자 하는 말은 그저...

라리사 '그저'라는 게 무엇을 의미하는 거지요? 다시 말해서 미처 생각하지 못했단 말이지요? 당신의 말들 속에 모욕이 들어 있다는 것을 당신은 인식하지 못한 거지요?

카란디세프 물론 나는 생각 없이 그런 거예요.

라리사 그렇다면 더 나쁘군요. 무슨 말을 하는 지 생각을 하고 해야지요. 만일 그렇게 하는 것이 좋으면 다른 사람하고 나 그렇게 생각없이 지껄이세요. 그렇지만 저와 말할 때는 조금 주의해서 말해 주세요! 현재 제 입장이 심각하다는 것을 당신도 보고 있잖아요! 저는 제가 하는 말, 제가 듣고 있는 말을 하나하나 심각하게 느껴요. 저는 그 말들에 매우 공감하고 몹시 예민해 있어요.

카란디세프   그렇다면 나를 용서해 주시오.

라리사   신이 함께 하니 용서해야겠지요. 다만 앞으로는 조금 더 주의해 주세요! (생각에 잠겨.) 집시의 무리... 그게 아마 옳을 거예요... 그렇지만 그 무리 가운데에도 착하고 고상한 분들도 있어요.

카란디세프   그 고상한 분들이란 게 누굽니까? 세르게이 세르게이치 파라토프가 아닌가요?

라리사   아니에요, 제발 제가 부탁하건데 그 사람에 대해서는 말하지 말아 주세요.

카란디세프   그것은 왜지요?

라리사   당신은 그 사람을 모르잖아요! 혹여 그를 안다고 하더라도... 미안하지만 당신이 그 사람을 심판할 수는 없지요.

카란디세프   행동을 보고 그 사람에 대해서 판단하는 거지요. 정말로 그 사람이 당신에게 그렇게 잘 처신을 했던가요?

라리사   그건 저에 관한 일이에요. 저도 그 사람에 대해서 비난을 하지 않고, 또 그렇게 하는 것을 삼가는 만큼 당신도 그렇게 해주었으면 해요.

카란디세프   라리사 드미트리예브나, 내게 말해 주세요. 제발 부탁하건데 솔직하게 말해 주세요.

라리사   무엇을 말인가요?

카란디세프   내가 뭐가 파라토프 보다 못 한가요?

라리사   에휴, 아니에요, 그만 두세요!

카란디세프	미안한데, 왜지요?
라리사	필요 없어요! 필요 없지요! 비교가 되기나 하나요?
카란디세프	나는 당신 입으로 하는 말을 듣고 싶어요.
라리사	묻지 마세요, 필요 없어요!
카란디세프	어째서요?
라리사	왜냐하면 비교해서 당신에게 이로울 게 없으니까요. 당신 자신을 따로 놓고 보면, 뭔가가 있으니까요. 착하고 정직한 사람이잖아요. 그렇지만 세르게이 세르게이치와 비교하면 모든 것을 다 잃게 되니까요.
카란디세프	그건 말 뿐이지요. 증거가 필요해요. 당신이 우리를 잘 살펴보세요!
라리사	당신이 누구하고 어깨를 겨루겠다는 말씀이세요? 이렇게 제 눈 앞이 어두울 수가 있을까요! 세르게이 세르게이치는 남자의 이상형이에요. 당신은 이상형이 무엇인지 알기나 하세요? 아마도 제가 젊고 사람을 잘 모르다 보니, 제가 잘못된 건지는 모르겠어요, 하지만 제 생각은 전혀 변함이 없어요. 제가 죽을 때까지요.
카란디세프	이해가 안 되는데요. 이해가 안 돼요. 그 사람에게 무슨 특별한 것이 있는지, 나는 도통 찾을 수가 없어요. 그 무슨 대담성인지, 철면피인지... 그런 것은 원하면, 누구나 다 할 수 있는 거지요.
라리사	그 대담성이 어떤 것인지, 당신은 알기나 하나요?
카란디세프	어떤 것이기는 그렇고 그런 거지요. 거기에 무슨 뾰족한 게 있어요? 그런 것처럼 흉내만 내면 그만이지요.

라리사	그럼 어떤 것인지 당신에게 한 가지만을 이야기해 드리지요. 세르게이 세르게이치와 알고 지내는 한 카프카스 장교가 이 고장을 지나갔어요. 그는 명사수였어요. 그들이 저희 집에 왔어요. 세르게이 세르게이치가 "내가 듣기로 당신이 총을 잘 쏜다고 하던 데요"라고 말하니까, 장교가 "네, 서툴지는 않지요"라고 하더군요. 세르게이 세르게이치는 권총을 그 분에게 내주고 자신의 머리 위에 컵을 올려놓고서, 대략 열 두어 걸음쯤 되는 다른 방으로 가서 "쏘시오"라고 했지요.
카란디세프	그래서 그 사람이 쏘았나요?
라리사	쏘았다 뿐이겠어요, 컵까지 깨뜨렸지요, 그렇지만 그 사람 얼굴빛이 약간 창백해졌지요. 세르게이 세르게이치는 "정말로 잘 쏘십니다. 하지만 사나이를, 그것도 그다지 친하지도 않은 사람을 쏘면서 얼굴빛이 창백해졌군요. 자 보세요, 나는 세상에서 가장 귀중한 아가씨를 향해 쏘아도 얼굴빛이 창백해지지는 않을 거요" 라고 하더군요. 나에게 동전 하나를 쥐여 주더니, 태연하게 미소를 보이면서 같은 거리에서 쏴서 그것을 떨어뜨렸지요.
카란디세프	그래서 당신은 그의 말을 고분고분 들었어요?
라리사	어떻게 그의 말을 안 들을 수가 있겠어요?
카란디세프	당신은 그 사람을 그렇게까지 믿었다고요?
라리사	무슨 말씀이세요! 어떻게 그 분을 믿지 않을 수가 있겠어요?
카란디세프	인정이 없기 때문에 그 사람이 그렇게 대담하지요.

라리사	아니요, 인정도 있어요. 그 분이 가난한 사람을 돕는 걸, 있는 돈을 몽땅 다 털어서 주는 걸 내 눈으로 봤어요.
카란디세프	그래요, 파라토프가 당신 눈에는 적어도 그런 장점들이 있다고 칩시다. 그런데 장사꾼인 보제바토프, 바로 당신의 그 바샤는 어떤가요?
라리사	당신은 질투를 하고 있는 거 아닌가요? 그래요, 그런 어리석은 생각은 버리세요! 그것은 너저분해요, 미리 말해 두지만 저는 그런 것은 참지 못해요. 걱정하지 마세요, 저는 그 누구도 사랑하지 않지만, 사랑하지도 않을 테니까요.
카란디세프	만일 파라토프가 나타난다고 해도요?
라리사	물론이지요, 만일 세르게이 세르게이치가 나타나고 또 그가 여전히 독신이라고 해도, 그와 눈길 한 번 정도면 충분해요… 안심하세요, 그는 나타나지도 않을 것이고, 지금 그가 나타난다 하더라도 이미 늦었어요… 아마도 우리는 결코 더 이상 만나지 않을 거예요.

볼가에서 대포 쏘는 소리가 들린다.

	이게 무슨 소리에요?
카란디세프	어떤 망나니 장사치가 자기 배에서 내린다는 표시로 그를 위해 축포를 쏘는 거예요.
라리사	에휴, 제가 얼마나 놀랐던지!
카란디세프	왜 그렇게?
라리사	제가 신경이 쇠약해졌어요. 제가 방금 이 벤치 아래를

내려다보았더니 머리가 핑핑 돌아요. 여기서 굴러 떨어
지면 크게 다치겠지요?

카란디세프   다치다니요! 여기서 굴렀다가는 죽음이지요. 저 아래에
는 돌이 깔려있으니까요. 그런데다 여기는 얼마나 높던
지, 땅에 떨어지기도 전에 벌써 죽을 거예요.

라리사   집으로 가요, 갈 때가 됐어요.

카란디세프   나도 가야해요. 점심 식사도 있고 해서.

라리사   (철책으로 다가가며.) 조금만 기다리세요. (아래를 내려다본
다.) 아휴 무서워! 저를 잡아주세요!

카란디세프   (라리사의 손을 잡는다.) 갑시다. 뭘 어린 애처럼! (두 사람
이 퇴장한다.)

가브릴로와 이반이 카페에서 나온다.

제 5 장

가브릴로와 이반이 있다.

이반   대포 소리지요! 나리가 오셨어요, 세르게이 세르게이치
나리가요.

가브릴로   그 분일 거라고 내가 말했지. 나는 이미 알고 있었어.
매는 날갯짓으로 알아 볼 수 있다니까.

이반	빈 마차가 산으로 올라가는 걸로 보아, 나리들은 걸어오시는가 봐요. 바로 여기 그분들이 오시네요! (카페로 뛰어간다.)
가브릴로	어서 오십시오. 저분들에게 무엇을 대접해야 할지, 생각이 안 나는걸.

파라토프(몸에 착 달라붙는 한 겹의 검은 예복에, 에나멜의 높은 부츠신발, 흰색의 챙 모자, 어깨에 둘러 맨 여행 가방 차림이다), 로빈존(망토를 입었는데 오른쪽 앞깃자락을 왼쪽 어깨에 걸쳤다. 형태를 자유롭게 하는 높은 중절모자를 옆으로 비스듬하게 썼다.)이 들어온다.
크누로프와 보제바토프가 등장한다.
이반이 옷 털이용 솔을 들고 카페에서 뛰어나와
파라토프의 먼지를 털어 주려고 한다.

제 6 장

파라토프, 로빈존, 크누로프, 보제바토프,
가브릴로와 이반이 있다.

파라토프	(이반에게.) 자네는 뭐하는 건가! 내가 물에서 왔는데, 볼가 강에는 먼지가 없다네.
이반	그럼요, 나리, 그래도 안하면 안 되지요... 격식을 차려

야지요. 1년도 넘게 나리를 뵙지 못했는데 털게 해 주십시오... 지금 도착하셨잖아요, 나리.

파라토프   그렇다면 좋지, 고맙네! 자 여기 있네! (그에게 1루블 지폐를 한 장 건네준다.)

이반   대단히 고맙습니다. (물러간다.)

파라토프   그래, 바실리 다닐리치, 당신은 〈비행선호〉를 타고 오는 나를 기다리셨나요?

보제바토프   저는 당신이 〈제비호〉를 타고 날아올 거라고는 생각도 못했어요. 〈제비호〉는 화물선들과 함께 올 거라고 생각했지요.

파라토프   아니요, 나는 화물선들을 팔았어요. 나는 오늘 아침 일찍 도착할 생각을 하였고, 〈비행선호〉를 따라잡고 싶었는데, 기관사가 겁쟁이더라고요. 내가 화부들에게 '아궁이에 불을 더 지펴라!'라고 소리쳤더니, 기관사가 그들에게서 장작을 빼앗더군요. 그런 후에 자기 방에서 기어 나오더니 하는 말이 '당신이 장작 한 개라도 더 집어넣으면, 저는 물속으로 뛰어 들겠소'라고 하더군요. 보일러가 견디지 못할까 봐 두려웠던 거지요. 어떤 숫자들을 종이 위에다 빼곡히 적으면서 압력을 계산하더군요. 그 자는 네덜란드 사람이지요. 외국 사람은 소심하거든요. 그 사람들에게는 영혼 대신에 산술(算術)이 들어 있지요. 그런데 여러분, 제가 친구를 당신들에게 소개하는 것을 잊었습니다. 모키 파르묘니치, 바실리 다닐리치! 자 소개하지요. 로빈존입니다.

로빈존이 점잖게 인사를 하고
크누로프와 보제바토프에게 손을 내민다.

보제바토프   그래 이름과 부칭은 어떻게 되지요?

파라토프   그냥 로빈존이에요, 이름도 부칭도 없어요.

로빈존   (파라토프에게.) 세르쥬![7]

파라토프   왜 그러나?

로빈존   한 낮이네, 친구, 내가 좀 힘드네.

파라토프   조금만 기다리게, 호텔로 가세.

로빈존   (카페를 가리키며.) Voila![8]

파라토프   그럼, 들어가게, 이런 제기랄!

로빈존이 카페로 들어간다.

가브릴로, 자네 저 사람에게 한 잔 이상은 절대 주지 말
게. 그는 불안정한 성격이거든.

로빈존   (어깨를 으쓱하며.) 세르쥬! (카페로 간다. 가브릴로가 그를
따라 들어간다.)

파라토프   여러분, 저 사람은 지방의 배우로 스차스틀립체프 아르
카지이지요.

보제바토프   그런데 왜 그가 로빈존이지요?

---

7 프랑스어로 러시아 이름 '세르게이'의 애칭. (역자 주)
8 프랑스어로 '바로 여기 있네!' (역자 주)

파라토프 그 사연은 이렇지요. 저도 잘은 모르지만 저 사람이 자기 친구이자 장사치의 아들인 네푸테비와 함께 어떤 기선을 타고 갔는데, 물론 둘 다 마지막 한 푼까지 술을 마셔버렸지요. 무슨 생각만 얼핏 머리에 떠오르면, 사람들 앞에서 신나게 놀아댔지만, 승객들은 모두 참았지요. 마지막에는 추태의 절정으로 극적인 공연을 꾸며댔지요. 둘이서 다 벌거벗고 깃털 베개를 터뜨린 후에 거기에서 뒹굴어 털투성이가 된 상태로 야만인 놀이를 하였지요. 그런 후에 승객들의 요구에 따라, 선장은 그 둘을 무인도에다 내려놓았지요. 우리 배가 그 섬을 지나다 보니 어떤 사람이 손을 흔들면서 부르지 않겠어요. 그래서 제가 곧 배를 '스톱'시켜 멈추게 하고, 보트를 타고 가서 배우 스차스틀립체프를 발견했지요. 그 사람을 증기선으로 데리고 와서 머리부터 발끝까지 전부 내 옷으로 입혔지요. 다행히 제게는 여분의 옷이 많았지요. 여러분, 저는 배우에게는 매우 약하거든요... 저 사람이 로빈존이 된 사연은 이런 거지요.

보제바토프 그럼 네푸테비는 섬에 남았나요?

파라토프 그 사람이 저에게 무슨 필요가 있겠어요. 시원한 바람이나 쐬라지요. 생각해 보세요, 여러분, 아시다시피 여행 중에는 너무 답답하니까, 어떤 친구라도 반갑지요.

크누로프 그거야, 물론이지요.

보제바토프 그건 행운이지요, 행운이고말고요! 황금이라도 얻은 것 같지요!

크누로프 다만 한 가지 불쾌한 것은 저 사람이 술주정이 심하다는 것이군요.

파라토프 아니요, 여러분, 제 앞에서는 그렇게 할 수가 없지요. 저는 그것만은 엄격하니까요. 그 사람에게는 돈이 없지요. 제 허가 없이는 주지 말라고 명령했거든요. 그런데 그가 나한테 요청을 하면, 나는 그때마다 때마침 나에게 있던 프랑스어 회화 책을 그에게 주어 우선 한 페이지를 외워야 주겠다고 했지요. 그랬더니 앉아서 공부만 하고 있지요, 얼마나 열심히 하든지요!

보제바토프 당신은 참 행복하겠네요, 세르게이 세르게이치! 그런 사람을 위해서라면 아까울 게 없을 것 같아요. 어디 그런 사람이 있겠어요. 그 사람은 훌륭한 배우인가요?

파라토프 아니요, 무슨 훌륭하기까지 하겠어요! 그 사람은 안 해본 역이 없어요. 대사를 읽어주는 프롬프터 역할까지 했으니까요. 지금은 오페레타에 출연하고 있어요. 그냥 그렇지요, 괜찮은 정도로 웃기고 있지요.

보제바토프 재미있는 친구라는 거군요?

파라토프 익살꾼이지요.

보제바토프 그 사람과 농담을 좀 해도 되나요?

파라토프 괜찮지요, 그가 성질 사나운 것은 아니니까요. 자 마음대로 해 보세요. 제가 한 2~3일 정도는 당신에게 기회를 드릴 테니까요.

보제바토프 정말 고맙군요. 마음에 들기만 하면, 손해날 게 없지요.

크누로프 이건 어떻습니까, 세르게이 세르게이치, 〈제비호〉를 파는 것이 서운하지 않은가요?

파라토프	'서운'하다는 게 뭐지요, 저는 그것을 모르지요. 모키 파르묘니치, 저에게는 귀중한 게 없지요. 이익이 있으면, 뭐든지 전부 다 팔지요. 그런데 지금, 여러분, 저에게는 다른 사업과 다른 생각이 있지요. 저는 돈 많은 아가씨와 결혼을 하여 지참금으로 금광을 가질 겁니다.
보제바토프	훌륭한 지참금이군요.
파라토프	제가 그 지참금을 값싸게 얻는 것은 아니지요. 저의 자유와 즐거운 생활과 작별을 고해야 하니까요. 그래서 이 마지막 날들을 될수록 더 즐겁게 보내도록 노력해야지요.
보제바토프	노력해 보지요. 세르게이 세르게이치, 노력해 봐요.
파라토프	내 약혼녀의 아버지는 어마어마한 고관이지요. 노인네가 어찌나 엄한지, 그 분은 집시라든가, 술파티라든가, 그 밖의 것들에 대해서는 듣는 것조차도 싫어해요. 심지어는 담배를 많이 피우는 사람까지도 싫어하지요. 그곳에서는 연미복을 입고 parlez français![9]는 거지요! 그래서 제가 지금 로빈존하고 회화 연습을 하고 있지요. 그런데 그가 뽐내느라고 그러는 건지, 저도 모르겠는데, 저를 부르면서 그냥 세르쥬라고 하지 않고 '라 세르쥬'라고 하지요. 우스운 일이지요!

카페 바깥 현관에 로빈존이 나타나더니 무엇인가를
우물우물 씹고 있고, 가브릴로가 그를 따라 나온다.

---

9 프랑스어 '프랑스어로 말하라' (역자 주)

제 7 장

파라토프, 크누로프, 보제바토프, 로빈존,
가브릴로와 이반이 있다.

파라토프 (로빈존에게.) Que faites – vous là? Venez![10]

로빈존 (점잔을 빼면서.) Comment?[11]

파라토프 얼마나 매력적이에요! 억양이 훌륭하지요, 여러분! (로빈
존에게.) 술집 때문에 점잖은 분들과의 교류를 버리는 자
네의 나쁜 버릇은 그만 두게!

보제바토프 그래요, 저 사람들은 그렇게 행동하지요.

로빈존 라-세르쥬, 자네는 벌써 털어 놓았군... 매우 필요했겠지.

파라토프 그렇게 되었네. 미안하네. 자네의 가명을 공개했네.

보제바토프 로빈존, 우리는 자네의 정체를 폭로하지 않을 거네. 우리
에게서 자네는 영국 사람으로 통할 걸세.

로빈존 어떻게, 곧바로 '자네'라고 하지요? 우리는 서로 친교의
술도 마시지 않았는데요.

보제바토프 그것은 마찬가지이지... 격식이 무슨 필요가 있겠나!

로빈존 그렇지만 나는 허물없이 구는 것은 참지 못하며 아무에
게나 허락하지도 않지요...

보제바토프 나는 아무나가 아닐세.

---

10 프랑스어 '거기서 뭐하고 있나? 이리 오게!' (역자 주)
11 프랑스어 '뭐라고요?' (역자 주)

로빈존	그럼 당신은 뭐하는 분이지요?
보제바토프	상인일세.
로빈존	부유한 상인이시오?
보제바토프	부유하지.
로빈존	배짱이 큰 상인인가요?
보제바토프	배짱이 큰 상인이지,
로빈존	그렇다면 제 취향이군요. (보제바토프에게 손을 내밀며.) 매우 반갑네! 이제 나도 자네로 하여금 나와 허물없이 대하는 것을 허용할 수 있겠네.
보제바토프	그러니까 친구지. 비록 몸은 둘이지만 – 마음은 하나란 말이지.
로빈존	그리고 주머니도 하나이지. 이름과 부칭은 뭔가? 다시 말해서 이름이나 말하게, 부칭은 필요 없네.
보제바토프	바실리 다닐리치이지.
로빈존	자, 이보게 바샤, 첫 만남을 기념하기 위해서 내 대신 지불해 주게!
보제바토프	가브릴로, 적어 두게. 세르게이 세르게이치, 우리 오늘 저녁에 볼가 건너편으로 산책을 가시지요. 발동선 하나에는 집시들을 태우고, 또 하나에는 우리들이 타고 가서 양탄자를 깔고 앉아서 코냑을 끓여 펀치 술이나 마시지요.
가브릴로	그런데 세르게이 세르게이치, 오래 전부터 저에게는 당신을 기다리고 있는 두 개의 파인애플이 있지요. 나리의 도착을 위해서 그것들을 자를 필요가 있겠지요.
파라토프	(가브릴로에게.) 좋네, 자르게! (보제바토프에게.) 여러분,

	하고 싶은 것을 저와 함께 마음대로들 하세요!
가브릴로	예, 저는 준비가 다 되었습니다. 바실리 다닐리치, 필요한 것이 있다면, 제가 다 준비하지요. 저희에게는 이런 기회에 쓸 은제 그릇도 있습니다. 제가 데리고 있는 사람들도 당신들과 함께 보내드리지요.
보제바토프	그래 좋네. 대략 여섯 시까지는 다 준비하도록 하게. 여분이 있게 준비한 것에 대해서는 책망하지 않겠지만, 부족할 때에는 혼이 날 걸세.
가브릴로	알고 있습니다.
보제바토프	그리고 우리가 돌아 올 때는 발동선에 다양한 색의 등불을 켭시다.
로빈존	제가 저 사람을 알게 된 게 오래 된 것도 아닌데, 벌써 마음에 드네요, 여러분, 참 이상하네요!
파라토프	중요한 것은 즐겁게 노는 거지. 내가 독신 생활과 이별을 하니까, 그것을 두고두고 회상할 추억이 있어야지. 그리고 여러분 오늘 식사는 저희 집에서 하시지요.
보제바토프	거참, 유감스러운 데요! 아시다시피 갈 수가 없어요. 세르게이 세르게이치.
크누로프	우리는 먼저 초대받은 데가 있어요.
파라토프	거절하시지요, 여러분.
보제바토프	거절하기는 어렵지요. 라리사 드미트리예브나가 시집을 갈 건데, 우리는 그 신랑 집에서 오찬을 먹기로 했어요.
파라토프	라리사가 시집을 간다고요! (생각에 잠긴다.) 뭐... 신이 그녀와 함께 하라지요! 그게 더 좋지요. 저는 그 여자한

테 좀 미안한데가 있지만요. 그 집에 얼굴을 못 내밀만큼 미안한 일이 있지요. 그렇지만 이제 시집을 간다니까 옛날의 계산은 끝난 샘이군요. 그러니 다시 나타나서 그 여자와 그 아주머니의 손에 입을 맞출 수는 있겠네요. 저는 하리타 이그나티예브나를 그저 간단하게 아주머니라고 불렀지요. 아시다시피 제가 라리사와 거의 결혼할 뻔 했거든요. 그랬더라면 사람들을 웃길 뻔 했지요! 그래요, 참으로 멍청이가 될 뻔 했지요. 시집을 간다... 그것은 그 여자로서는 아주 좋은 일이지요. 어쨌든 제 마음이 한결 편안하네요... 바라 건데 신이 허락하사 건강하게 오래도록 잘 살았으면 합니다! 저도 그 집에 들르지요, 들르겠습니다. 그 여자를 보려니 정말 흥미롭네요. 정말 흥미로워요.

보제바토프 아마도 그들이 당신을 꼭 초대할 겁니다.

파라토프 물론이지요, 제가 없어서야 되겠어요!

크누로프 나도 매우 기쁘군요. 아무튼 오찬 때에 이야기할 상대가 생겼으니까요.

보제바토프 거기서 저녁 시간을 어떻게 즐겁게 보낼 것인지 이야기도 하고, 그 외에 또 무엇인가를 궁리해 낼 수도 있겠지요.

파라토프 그러시지요, 여러분, 인생은 짧다고 철학자들이 말하잖아요. 그러니까 인생을 즐길 줄 알아야지요. N'est ce pas[12], 로빈존?

---

12 프랑스어로 '그렇지 않은가' (역자 주)

로빈존   우이(그렇지), 라-세르쥬.

보제바토프   지루하지 않도록 노력해 봅시다. 그럴만한 가치가 있지
             요. 우리는 세 번째 발동선에다 연대의 악단을 태워서
             가지요.

파라토프   또 만납시다, 여러분! 나는 호텔로 가겠습니다. 자 로빈
             존, 앞으로!

로빈존   (모자를 쳐들고서.)
             향락 만세!
             쾌락 만세!

제 **2** 막

등장인물

오구달로바

라리사

카란디세프

파라토프

크누로프

보제바토프

로빈존

일리야 - 집시 (남자)

오구달로바의 하인

오구달로바네 집의 한 방이다. 두 개의 문이 있고,

문들 중 안쪽 깊은 곳에 있는 문이 출입문이다.

다른 하나는 배우들 왼쪽에 있다. 오른쪽에 창문이 있다.

상당히 좋은 가구가 있고, 그랜드 피아노가 있고,

그 위에 기타가 놓여 있다.

제 1 장

오구달로바 혼자 있다.
작은 상자를 손에 들고 왼쪽 문으로 다가 간다.

오구달로바   라리사, 라리사야!

라리사가 무대 뒤에서 - '네 엄마, 지금 옷을 입고 있어요.'

바샤가 너한테 가져 온 선물을 좀 봐라!

라리사 무대 뒤에서 - '나중에 볼 게요!'

정말 훌륭한 것으로 5백 루블 정도는 되겠구나. '내일 아침 일찍 네 방에다 두고는 누가 가져 왔는지 말하지 말라'고 하더라. 그렇지만 알다시피 그 능청스러운 사람도, 내가 참지 못하고 말을 할 것이라는 사실을 알거야. 아무리 앉으라고 해도, 어떤 외국인하고 같이 다니면서, 그 사람에게 거리 구경을 시켜줘야 한다고 그냥 가더라. 정말 어릿광대 같아서, 농담을 하는 것인지 진담을 하는 것인지, 그 사람의 말은 분간을 못하겠더라. '그 외국인에게 좋은 술집은 다 구경해야겠지'라고 말하더구나. 우리 집에도 그 외국인을 데리고 올 작정이더라. (창문으로 내다보며.) 그런데 저기 모키 파르묘니치가 오는구나! 너는 나오지 마라. 내가 혼자서 그를 만나서 이야기하마.

크누로프가 들어온다.

제 2 장

오구달로바와 크누로프가 있다.

크누로프　　　(문간에서.) 댁에 다른 사람은 없습니까?

오구달로바　　아무도 없어요, 모키 파르묘니치.

크누로프　　　(들어온다.) 그렇다면 참 잘 됐습니다.

오구달로바　　이런 행복을 어디에다 기록해 둘 가요! 고마워요, 모키
　　　　　　　파르묘니치, 정말 고마워요, 이렇게 관심을 가지고 찾아
　　　　　　　와 주셔서. 정말 기뻐서 어쩔 줄을 모르겠어요... 어디에
　　　　　　　앉으시라고 해야 좋을지 모르겠군요.

크누로프　　　다 같아요, 아무 곳이나 앉겠습니다. (앉는다.)

오구달로바　　그런데 라리사를 용서하세요, 그 아이는 지금 옷을 갈아
　　　　　　　입고 있어요. 빨리 입으라고 재촉을 할 수는 있어요.

크누로프　　　아니요, 왜 방해를 하겠어요!

오구달로바　　어떻게 이렇게 올 생각을 하셨어요?

크누로프　　　저는 점심 식사 전에 많이 돌아다니니까요, 그래서 이렇
　　　　　　　게 들렀어요.

오구달로바	믿어 주세요. 우리는 당신의 방문을 각별한 행복으로 여기지요. 이것은 어떤 것과도 비교할 수가 없군요.
크누로프	참, 라리사 드미트리예브나를 시집보낸다면서요?
오구달로바	네, 시집보내지요, 모키 파르묘니치.
크누로프	돈이 없어도 데려가겠다는 신랑감을 찾았습니까?
오구달로바	돈이 없지요. 모키 파르묘니치, 저희가 어디에서 돈이 생기겠어요.
크누로프	그 사람은 어떻습니까, 댁의 신랑감은 재산이 많습니까?
오구달로바	무슨 재산이 있겠어요! 보잘 것 없을 정도지요.
크누로프	그렇군요... 그럼 당신은 라리사 드미트리예브나를 가난한 사람에게 준 것이 잘 하신 거라고 생각하세요?
오구달로바	모르겠어요, 모키 파르묘니치. 저는 관계가 없으니까요. 그 아이가 제 마음대로 했어요.
크누로프	그런데 그 젊은이는 어떤가요, 당신 생각에 잘 결정했다고 생각하세요?
오구달로바	글쎄요, 그 사람으로서는 칭찬을 받을 만한 일을 했다고 저는 생각해요.
크누로프	칭찬할 데라고는 조금도 없지요. 도리어 욕을 먹을 짓이지요. 뭐, 그 사람 입장에서 보면 그는 바보가 아니지요. 그렇지만 그 사람이 누구지요, 누가 그 사람을 알았지요, 누가 그 사람에게 관심이라도 보였던 가요! 그런데 이제는 온 도시가 그 사람에 대해서 이야기를 하지요. 그 사람은 어느 덧 상류 사회에 끼어들었어요. 그 사람이 저를 점심식사에 초대까지 하고 있어요. 예를 들어... 그러나

가장 어리석은 것은, 그 사람이 그런 아내와 무엇을 가지고 어떻게 살지는 생각하지도 않았거니와 생각하려고도 하지 않는다는 거지요. 우리가 당신과 이야기해야 할 것은 바로 이 점입니다.

오구달로바   어서 말씀을 해 주세요, 모키 파르묘니치!

크누로프   댁의 따님에 대해서 어떻게 생각하세요, 그녀가 어떤 분이라고 생각하세요?

오구달로바   뭐라고 제가 말해야 할지, 저는 모르겠어요. 그저 저는 말씀을 듣기만 하겠어요.

크누로프   아시다시피 라리사 드미트리예브나에게는 속물적인 것이나 세속적인 게 없지 않습니까, 가난한 집안 살림살이를 위해 필요한 그런 속물적인 계산이 없다는 것을 당신도 아시잖아요.

오구달로바   조금도 없지요, 조금도요.

크누로프   아시다시피 이것은 순수한 영혼이지요.

오구달로바   순수한 영혼이지요. 모키 파르묘니치.

크누로프   그녀는 화려한 생활을 위해서 태어났지요.

오구달로바   화려한 생활을 위해서지요, 모키 파르묘니치.

크누로프   그래 당신의 카란디셰프가 그녀에게 그런 호화로운 생활을 시켜 줄 수 있을까요?

오구달로바   없지요, 어디서 나서요!

크누로프   아마도 그녀는 가난한 소시민의 생활을 감당해 내지 못할 겁니다. 결국에 그녀에게 뭐가 남을까요? 시들어가다가 일상적인 것처럼 폐병이나 걸리겠지요.

오구달로바	에휴, 당신은 무슨 그런 말씀을, 무슨 그런 말씀을! 하느님 제발!
크누로프	그녀가 가능한 한 빨리 남편을 버리고 당신한테 돌아올 생각을 한다면 좋겠습니다.
오구달로바	그것도 불행이지요, 모키 파르묘니치, 제가 딸하고 무엇으로 살아가겠어요?
크누로프	그렇지만 그 불행은 회복할 수 있는 것이지요. 능력 있고 돈 많은 사람의 따뜻한 온정이라면...
오구달로바	그런 온정을 찾을 수 있으면 얼마나 좋겠어요.
크누로프	그런 사람을 붙들도록 노력해야지요. 그런 경우들에는 착하고 듬직하고 다정한 친구를 가질 필요가 있지요.
오구달로바	정말로 필요하겠지요.
크누로프	당신은 그녀가 아직 시집을 가지 않았기에, 남편과 헤어질 시기는 아직도 멀었다고 저에게 말씀하실 수도 있지요. 그래요. 아마도 아주 먼 일이라고 할 수 있지요. 그렇지만 또 아주 가까운 일이라고도 말할 수 있지요. 그러니까 당신에게 미리 알려 두자면, 그 어떤 잘못도 더 이상은 저지르지 마시고, 제가 라리사 드미트리예브나를 위해서라면 어떤 것도 아끼지 않는다는 사실을 알아주셨으면 해요. 당신은 왜 웃으세요?
오구달로바	저는 정말 기쁘네요, 모키 파르묘니치, 당신이 우리에게 이렇게 호의를 베풀어 주시니까요.
크누로프	아마도 당신은 이런 제의들에 사심이 없을 거라고 생각하겠지요?

오구달로바	아휴, 모키 파르묘니치!
크누로프	화를 내셔도 좋아요, 원하신다면 저를 내쫓으세요.
오구달로바	(어쩔 줄을 몰라 하며.) 아휴, 모키 파르묘니치!
크누로프	당신들에게 수만 루블을 그냥 주겠다는 그런 사람을 찾는다면, 그 때는 저를 욕하세요. 쓸데없이 찾으려고 노력하지 마세요, 찾지 못하니까요. 제가 그만 다른 말에 열중했군요. 이런 말을 하려고 온 것은 아녔는데요. 그런데 당신이 가지고 있는 이건 무슨 상자인가요?
오구달로바	모키 파르묘니치, 이것은 제가 딸에게 선물을 하려고 한 거예요.
크누로프	(상자를 살펴보며.) 네...
오구달로바	그런데 좀 비싸요. 제가 감당하기에는 너무 비싸요.
크누로프	(상자를 다시 내준다.) 이런 것은 다 하찮은 거예요. 더 중요한 게 있지요. 당신은 라리사 드미트리예브나를 위해서 좋은 의상들을 갖추어 줄 필요가 있어요. 다시 말해서 그저 좋다는 것으로는 부족하고, 그야말로 아주 고상한 것으로요. 결혼 의상, 또는 거기에 필요한 모든 것을요.
오구달로바	그렇지요, 그렇지요, 모키 파르묘니치.
크누로프	만약 그녀에게 그저 되는 대로 입힌다면, 보는 것만으로도 섭섭하지요. 그러니까 당신은 고급 의상점에서 필요한 모든 것을 주문하세요. 값은 생각하지 마시고, 돈을 아끼지 마세요! 그리고 계산서는 저한테 보내세요. 제가 지불하지요.
오구달로바	정말 할 말이 없군요. 당신에게 어떻게 감사를 해야 할지!

크누로프	사실 이런 이유로 제가 댁에 들렀습니다. (일어난다.)
오구달로바	그런데 저는 어쨌든 내일 딸에게 깜짝 선물을 해주고 싶어요. 어미의 심정이란 게, 아시겠지만...
크누로프	(상자를 손에 든다.) 여기에 뭐가 있지요? 이것은 얼마지요?
오구달로바	값을 맞혀 보세요, 모키 파르묘니치!
크누로프	이게 얼마나 되겠어요! 시시한 것이지요! 3백 루블쯤 되겠네요. (지갑에서 지폐를 꺼내 오구달로바에게 준다.) 안녕히 계세요! 저는 나가서 더 돌아다니겠어요. 오늘 훌륭한 점심이 기대되네요. 오찬 때 뵙겠습니다. (문가로 간다.)
오구달로바	여러 모로 당신에게 정말, 정말 감사해요. 모키 파르묘니치!

크누로프가 퇴장한다.
라리사가 손에 바구니를 들고 등장한다.

제 3 장

오구달로바와 라리사가 있다.

| 라리사 | (식탁에 바구니를 올려놓고, 상자에 들어 있는 물건을 살펴본다.) 이것이 바샤가 선물한 거예요? 괜찮네요. 정말 정교 |

하게 만들었군요!

오구달로바 '괜찮다'고. 이거 아주 비싼 물건이다. 너는 그다지 기뻐하지 않는 것 같구나?

라리사 저는 특별하게 기쁜 감정을 못 느끼겠어요.

오구달로바 바샤에게 감사나 해라, 그 사람의 귀에 대고 – '정말 고마워요'라고 조용히 말해 줘라. 그리고 크누로프에게도 그렇게 해라.

라리사 크누로프한테는 무엇 때문에요?

오구달로바 그건, 그럴 필요가 있다. 무엇 때문이든 그런 게 있다.

라리사 에휴, 엄마, 엄마한테는 뭐든 비밀이고 간교함뿐이에요.

오구달로바 그래, 간교함이 어쨌다는 말이냐! 간교함이 없이는 세상을 살아 나갈 수가 없다.

라리사 (기타를 들고 창문 곁에 앉아 노래를 부른다.)

어머니, 비둘기 같은 나의 태양이여,
당신의 아이를 불쌍히 여겨 주세요!

율리 카피토니치는 치안 판사에 출마하려고 해요.

오구달로바 그래, 그건 참 훌륭하구나. 어느 군에서?

라리사 자볼로치예[13]에서요!

오구달로바 아휴, 거기는 산골이잖아. 그가 왜 그런 먼 두매 산골을

---

13 북부 드비나와 오네가 수역에 있는 X–XIV 세기의 역사적인 지역으로, 오네가 호수와 벨리 호수 및 셰크스나 강(현재 볼로그다 주의 영토에 위치)과 연결된 목재 집산지. (역자 주)

생각했을까?

라리사	그곳은 후보자가 적어서, 아마도 당선될 거예요.
오구달로바	뭐, 별일은 없겠지, 거기에도 사람들은 살 테니까.
라리사	나는 산으로 간다고 해도 좋아요. 그저 어서 빨리 여기서 벗어나기만 하면 되요.
오구달로바	그래, 뭐 산골 같은 곳에서 살아도 좋을 게다, 거기서는 너의 카란디세프도 상냥스럽게 보일 테니까. 아마도 군에서는 우두머리 노릇을 하겠지. 차츰 그 사람한테도 정이 들거다.
라리사	그 사람은 여기서도 좋아요. 나는 그 사람한테서 나쁜 것은 아무 것도 보지 못했어요.
오구달로바	뭐가 있겠냐! 좋은 사람이 따로 있는 거도 아닌데!
라리사	물론, 더 좋은 사람도 있지요. 나도 그것은 아주 잘 알고 있어요.
오구달로바	있지만, 그런 사람은 우리 차례까지 오지 않는단다.
라리사	지금 저에게는 그 사람도 좋아요. 더 이상 말할 게 없어요. 이미 결정된 일이니까요.
오구달로바	나도 기쁘구나. 네가 그 사람이 좋다고 하니, 다행이다. 나는 네 앞에서 그 사람을 심판하는 이야기는 안 하겠다. 그래도 우리가 서로를 속일 필요는 없다. 너도 장님은 아니니까.
라리사	나는 눈이 멀었어요, 또한 모든 감정도 잃었어요, 그래도 나는 기뻐요. 나는 오래 전부터 내 주위에서 일어나고 있는 모든 일을 꿈속에서 보고 있는 것 같아요. 아니,

나는 떠나야겠어요. 여기서 벗어나야겠어요. 나는 계속 율리 카피토니치에게 조를 거에요. 이제 여름철도 얼마 안 남았는데, 나는 숲 속을 거닐면서 산딸기나 버섯을 채집하고 싶어요.

오구달로바   그래서 네가 바구니를 장만했구나! 이제야 알겠구나. 이 제는 챙이 넓은 밀짚모자도 준비해라, 그러면 너는 목동 도 될 수 있을게다.

라리사   모자도 준비하지요. (노래하기 시작한다.)

공연히 나를 유혹하지 말아요.

그곳은 편안하고 고요하겠지요.

오구달로바   그래도 9월이 오면, 그렇게 고요하지는 않을 거다. 바람 이 창문에서 울부짖을 테니까.

라리사   뭐, 그런 것쯤이야.

오구달로바   늑대들이 별별 소리로 짖어댈 거다.

라리사   여하튼 여기보다는 좋아요. 저는 적어도 마음만은 편안 할 거예요.

오구달로바   아니, 내가 너를 말릴 것 같니? 제발 어서 좀 떠나라, 마음만이라도 편히 쉬어라! 다만 자볼로치예가 이탈리 아가 아니라는 사실만 알아 두어라. 나는 그것을 너에게 반드시 일러두어야겠다. 내가 미리 말해 두지 않으면, 네가 실망하는 날에는 그만큼 나를 더 원망할 테니까.

라리사   어머니 고마워요... 그렇지만 그곳이 낯설고, 인적도 없고 춥더라도 좋아요. 내가 여기서 겪었던 생활을 생각하면, 아무리 적막한 산골이라도 내게는 천국일 거예요. 율리 카피토니치가 왜 꾸물거리고 지체하는지, 저는 이유를 모르겠어요.

오구달로바 그 사람한테 시골로 갈 생각이 있을까! 그는 더 우쭐대고 싶은데. 그렇다고 놀랄 일은 아니지 – 아무 것도 하지 않았는데, 이제 겨우 사람다운 대접을 받고 있잖아.

라리사 (노래한다.)

공연히 나를 유혹하지 말아요.

에휴 속상해, 아무리해도 잘 안 되네. (창밖을 내다보며.) 일리야, 일리야! 잠깐 들어와 봐. 나는 로망스 가요들이나 모아 가지고 시골에 가서 심심풀이로 기타를 치며 노래를 부를 거야.

일리야가 들어온다.

제 4 장

오구달로바, 라리사, 일리야가 있다.

일리야   경축일을 축하합니다! 건강과 행복을 기원합니다! (챙이 있는 모자를 문 옆의 의자 위에 놓는다.)

라리사   일리야, 코드를 좀 잡아 줘요. '공연히 나를 유혹하지 말아요!' 여기서 내가 항상 잘 안되거든. (기타를 준다.)

일리야   볼까요, 아가씨. (기타를 받아 들고 코드를 맞춘다.) 좋은 노래지요. 이 노래는 3부 합창으로 부르는 게 좋은데, 두 번째 음부를 부르려면, 테너가 필요하지요... 고통스러울 정도로 좋아요. 그런데 우리는 큰일 났어요. 정말 큰일 났어요.

오구달로바   무슨 큰일이 났는데?

일리야   우리에게는 안톤이라는 사람이 있는데, 테너로 노래를 부르지요.

오구달로바   나도 알지, 알아.

일리야   한 명만 테너이고, 나머지는 모두 베이스이거든요. 베이스가 왜 그리도 많은지! 그런데 테너는 안톤 한 명뿐이에요.

오구달로바   그래서 어쨌다는 말인가?

일리야   합창에도 적당하지 않아요. 아무데도 쓸모가 없어졌어요.

오구달로바   건강하지 않은가?

일리야   아니요, 건강하지요. 아주 멀쩡해요.

오구달로바	그럼 그 사람이 어떻다는 말인가?
일리야	허리가 한쪽으로 절반이나 굽었지요. 아주 직각으로요. 그래서 기억자로 다니지요! 두 주일이나요. 정말로 큰일 났어요! 지금 우리 합창단에서는 누구를 막론하고 다 귀 하지요. 거기에 테너가 없으면 되겠어요! 의사한테 가면 의사 말이 '1주일이나 2주일 후에 돌려보낼 테니, 그때는 다시 곧게 펴질 걸세'라고 하지요. 그런데 우리에게는 그 사람이 지금 당장 필요하거든요.
라리사	그래, 자네가 노래를 불러보게.
일리야	곧 부르지요, 아가씨. 제2도 음이 잘못 되었어요. 참, 큰 일이지요, 큰일 났어요! 합창단에서는 올곧은 자세로 똑 바로 서 있어야 하는데, 그 사람은 한쪽으로 허리가 굽었 으니.
오구달로바	그 사람이 왜 그렇게 되었나?
일리야	어리석은 탓이지요.
오구달로바	어떻게 어리석은데?
일리야	우리는 그렇게 어리석은 사람들이지요. "안톤, 항상 조 심성을 잃지 말게!"라고 일렀지요, 그런데 그 사람은 그 말을 알아듣지를 못 하거든요.
오구달로바	우리도 잘 모르겠는 걸.
일리야	글쎄, 마님에게 말씀드릴 것은 아닙니다만, 술에 취해서 난리를 피웠어요. 생난리를 벌인 거지요. 내가 "안톤, 항 상 조심성을 잃지 말게!"라고 말을 해 주었어도, 그 사람 은 알아듣지를 못했어요. 정말 큰일 났어요. 큰일 났어!

지금 한 사람에 백 루블을 받아요. 그러니 우리에게 큰 일이지요. 엄청난 나리들이 우리를 기다리고 있어요. 그런데 안톤이 옆으로 완전히 굽었으니... 그렇게 화살대처럼 곧던 집시였는데, 지금은 한쪽으로 확 찌그러져 있으니까요. (베이스로 노래 부르기 시작한다.) '유혹하지 말아요...'

　　창문에서 목소리가 들린다:
'일리야, 일리야, 차 아다리크! 차 세게르!¹⁴'

팔소? 소 투케 트레베?¹⁵

길거리에서 - "나오게, 나리들이 도착하셨어!"

호하베사!¹⁶

거리에서 목소리가 들린다 - "정말 도착하셨네!"

시간이 없네요, 아가씨, 나리들이 벌써 도착하셨다고 하네요. (기타를 놓고 챙이 있는 모자를 든다.)

---

14 집시어로 '이리 오게! 빨리 오라고!' (역자 주)
15 집시어로 '왜? 무슨 일인가?' (역자 주)
16 집시어로 '거짓말이지!' (역자 주)

오구달로바	어떤 나리들 말인가?
일리야	엄청난 나리들이지요. 우리가 1년이나 목이 빠지게 기다렸으니까요. 진짜로 굉장한 나리들이지요! (퇴장한다.)

제 5 장

오구달로바와 라리사가 있다.

오구달로바	도착했다는 나리들이 누구일까? 집시들이 그들이 온 것을 저렇게 반가와 하는 걸 보면, 라리사야, 아마도 돈 많은 독신들일 거다. 분명히 그러니 집시들 속에서 파묻혀 사는 거지. 아휴, 라리사야, 우리가 신랑감들을 놓친 게 아니냐? 왜 그렇게 서둘렀던 거냐?
라리사	아휴, 엄마, 내가 마음고생을 덜 했나요? 아니오, 충분히 비굴하게 살았잖아요.
오구달로바	아주 끔찍한 말을 하는구나. '비굴하게 살았다!'라니. 네가 나를 위협하고 싶은 거냐? 우리는 가난한 사람이라 한 평생 비굴하게 살 수밖에 없다. 그러니까 나중에라도 사람답게 살고 싶다면, 어려서부터 비굴한 게 차라리 나은 거다.
라리사	아니에요, 나는 그렇게는 할 수 없어요. 괴로워요, 참을 수 없을 만큼 괴로워요.

오구달로바	그렇지만 쉽게 얻어지는 것은 없으며, 평생 동안 아무 것도 남는 게 없을 수도 있다.
라리사	또 다시 가면을 쓰고, 또 다시 거짓말을 해야 한단 말이지요!
오구달로바	가면도 쓰고, 거짓말도 해야지! 만일 네가 스스로 행복을 피하면, 행복이 너를 따라 오지는 않을 거다.

카란디세프가 들어온다.

제 6 장

오구달로바, 라리사와 카란디세프가 있다.

오구달로바	율리 카피토니치, 저것 보세요, 우리 라리사는 벌써 시골로 가겠다고 버섯 바구니까지 준비해 두었잖아요!
라리사	네, 제발 나를 위해서, 어서 빨리 떠나게 서둘러줘요!
카란디세프	나는 당신을 이해할 수 없군요. 왜 당신이 그렇게 서두르는 지, 무엇 때문이지요?
라리사	나는 여기서 빨리 떠나고 싶어요.
카란디세프	(발끈 화를 내며.) 누구한테서 떠난다는 거지요? 누가 당신을 쫓아내는 가요? 그게 아니면 당신은 나 때문에 창피한 건가요?

라리사	(쌀쌀맞게.) 아니요, 나는 당신 때문에 부끄럽지는 않아요. 앞으로는 어떻게 될지 몰라도, 당신이 아직까지는 나에게 그런 원인은 제공하지 않았어요.
카란디세프	그럼 왜 떠나야 하지요, 왜 사람들을 피해야 하지요! 내가 마음을 진정시키고, 정신을 가다듬어 제 정신으로 되돌아 볼 시간을 좀 주시오! 나는 기쁘오, 나는 행복해요... 내 상황의 모든 만족스러움을 느낄 수 있도록 기회를 좀 주시오!
오구달로바	잘난 체를 해보겠단 말이지.
카란디세프	예, 그래요. 제가 솔직히 말해서, 잘난 체 좀 해 보려고 합니다. 나는 내 자존심에 대한 모욕을 아주 오랫동안 참아 왔지요. 내 자존심이 한두 번 굴욕당한 게 아니잖아요! 나는 이제 정말로 자랑하면서 잘난 체 해보고 싶어요.
라리사	도대체 당신은 언제 시골로 갈 생각이세요?
카란디세프	결혼식만 하고 나면, 당신 마음대로 언제든지요, 그 다음날이라도 좋아요. 결혼식만은 – 반드시 여기서 해야지요. 내가 당신의 신랑감도 못 되고, 짝도 못 되고, 다만 내가 당신에게 물에 빠진 사람이 붙잡는 지푸라기에 불과해서, 우리가 종적을 감추었다는 말이 나오지 않도록 말이요.
라리사	아시다시피 지푸라기라는 마지막 말은 비슷한 말이에요, 율리 카피토니치, 그것은 진실이에요.
카란디세프	(화를 내며.) 당신은 마음속에나 그런 진실을 새겨 두세요! (눈물을 글썽이며.) 당신은 조금만이라도 나를 생각해

쥐요! 다른 사람들이 당신이 나를 사랑하고, 당신의 선택이 자유로운 것이었다고 생각하도록 해줘요.

라리사 　그건 왜지요?

카란디세프 　그게 왜라니요? 그래 당신은 사람에게서 자존심이라는 것을 전혀 허용하지 않나요?

라리사 　자존심이라고요! 당신은 자기 생각만 하는군요. 누구나 다 자기 자신만 소중하게 여긴다니까! 도대체 나는 언제나 누군가의 사랑을 받을 수 있을까요? 결국에 당신들이 나를 죽이고야 말 거예요.

오구달로바 　그만 뒈라, 라리사, 너는 무슨 말을 하는 거냐?

라리사 　엄마, 나는 두려워요, 나는 무엇 때문인지 두려워요. 그러니 제 말을 들어 주세요, 만일 여기서 결혼식을 한다면, 제발 사람들을 적게, 가능한 한 조용히 수수하게 치러주세요.

오구달로바 　아니다, 너는 쓸데없는 환상에 빠지지 마라! 결혼식은 – 결혼식이지. 내가 오구달로바야, 나는 그런 궁상스러운 꼴은 보이고 싶지 않다. 이곳 사람들이 한 번도 본 적이 없을 정도로 너는 나한테 보석처럼 화려한 존재인데.

카란디세프 　그래요, 저도 역시 조금도 아끼지 않겠어요.

라리사 　그렇다면 저는 잠자코 있겠어요. 당신들은 저를 인형으로 여기나 봐요. 저를 가지고 놀다가 망가지면 버리겠지요.

카란디세프 　자, 보세요, 오늘 점심식사만 하더라도 저한테는 적지 않은 돈이 지출되지요.

오구달로바	나는 그 오찬 모임을 전혀 쓸데없고 공연한 비용의 지출이라고 생각해요.
카란디세프	그래요 만일 그 오찬 모임에 돈이 두 배 세 배 든다고 해도, 저는 돈을 아끼지 않을 겁니다.
오구달로바	그 모임은 누구에게도 필요 없는 일이에요.
카란디세프	제게는 필요가 있어요.
라리사	무엇 때문이지요, 율리 카피토니치?
카란디세프	라리사 드미트리예브나, 나는 3년 동안이나 모욕을 참아 왔어요. 3년 동안이나 당신의 지인들이 내 면전에 대놓고 하는 조롱들을 견뎌왔어요. 이번에는 내 차례로, 내가 그 사람들을 조롱해야겠어요.
오구달로바	당신은 별 궁리를 다 했군요! 싸움을 시작하겠다는 거군요? 그렇다면 나와 라리사는 가지 않겠소.
라리사	아휴, 제발 아무도 모욕하지 마세요!
카란디세프	모욕하지 말라고요! 그럼 나는 모욕을 당해도 좋은가요? 걱정 마세요, 아무런 언쟁도 생기지 않을 테니까요, 모든 게 매우 순탄하게 진행될 거니까요. 나는 당신을 위해서 건배를 제안할 거요, 그리고 당신이 나를 선택해 준 그 행복에 대해서, 당신이 다른 사람들과 달리 나를 대해 준 거에 대해서, 당신이 나를 높이 평가하고 내 진실한 감정을 믿어 준 거에 대해서 공개적으로 당신에게 감사를 표할 거요. 그게 다요. 그게 내 복수의 전부요!
오구달로바	그런 건 전부 다 필요 없는 일이에요.
카란디세프	아니요. 그 별 볼일 없는 자들이 자신들의 허풍으로 나를

고통스럽게 했지요. 아다시피 그들 스스로가 제 손으로 부를 축적한 것도 아니면서, 왜 돈 자랑을 그렇게 하는 거지요! 차 한 잔에 15루블씩이나 던져주면서요!

오구달로바   당신은 지금 불쌍한 바샤를 공격하고 있군요.

카란디세프   바샤 뿐만 아니라 모두가 다 그런 위인들이지요. 도시 전체에 무슨 일이 일어났고, 사람들 얼굴에 얼마나 기쁨이 넘쳐나는지 보세요! 마차꾼들도 모조리 기뻐서 거리를 따라 달리면서 '나리들이 오셨다네, 나리들이 오셨어'라고 하면서 서로 서로 소리치지요. 술집의 종업원들도 반색을 하며 거리로 뛰쳐나와서는 '나리들이 오셨다네, 나리들이 오셨어'라고 술집에서 술집으로 서로 맞고함을 질러 되지요. 집시들은 정신이 나간 듯이 별안간 떠들어 대고, 손짓들을 하지요. 호텔 입구에는 사람들이 떼를 지어 모여 있지요. 지금 도착을 축하하기 위해서 옷을 잘 차려입은 네 명의 집시여자들이 사륜마차로 호텔에 곧 도착할 거예요. 참으로 괴상한 광경이지요, 무슨 놈의 노릇인지! 그런데 제가 듣기로는 그 나리는 완전히 파산하여, 마지막 기선까지 전부 팔아치웠다고 하더군요. 누가 왔다고요? 완전 거덜 난 난봉꾼이자 방탕한 인간이 왔다고 도시 전체가 반가워하네요. 훌륭한 풍습이지요!

오구달로바   아니, 도대체 누가 왔다는 거요?

카란디세프   당신들의 세르게이 세르게이치 파라토프가요.

라리사가 놀라서 일어선다.

오구달로바	맞아, 나는 또 누구라고!
라리사	시골로 가요, 지금 떠나요.
카란디세프	지금은 갈 필요가 없어요.
오구달로바	너는 뭘 그러니, 라리사, 그 사람한테서 숨어야 할 게 뭐냐! 그 사람이 날강도도 아닌데.
라리사	당신들은 왜 내 말을 안 들으세요! 당신들은 나를 물에 빠뜨리던지, 벼랑에서 떨어뜨리는 건가요!
오구달르바	네가 미쳤구나.
카란디세프	당신은 뭐가 두려워서 그래요?
라리사	내가 두려워서가 아니에요.
카란디세프	그럼 누굴 위해서요?
라리사	당신을 위해서예요.
카란디세프	오, 나를 위해서는 두려워하지 마시오! 나는 수모를 당하지는 않을 거요. 그 사람이 나를 건드리기만 하면, 그 때는 알게 될 거요.
오구달로바	아니, 당신은 무슨 말이오! 신이 당신을 지켜주기를! 그 사람은 바샤가 아니에요. 당신은 그 사람을 아주 조심해야 해요, 그렇지 않으면 삶이 기쁘지 않을 테니까.
카란디세프	(창문가에서.) 자 보세요, 준마 네 필이 늘어선 채로 마부대에는 마부와 함께 집시들까지 태워서 댁으로 오고 있으니까요. 먼지를 피우면서 다니는 저 꼴들을 눈으로 좀 보세요! 물론 저런 짓이 누구에게도 해롭지는 않아요, 제멋대로 놀라지요. 그렇지만 본질적으로는 밉살스럽고 어리석은 짓이지요,

라리사　　　(카란디세프에게.) 가요. 제 방으로 가요. 엄마, 이 방에서
　　　　　　손님을 맞이하세요, 제발, 빨리 돌려보내 주세요!

　　　　　　라리사와 카란디세프가 퇴장한다.
　　　　　　파라토프가 들어온다.

제 7 장

　　　　　　오구달로바와 파라토프가 있다.

파라토프　　(농담 반 진담 반의 어조로 무대 전체를 이끈다.) 아주머니,
　　　　　　손을 좀 주세요!

오구달로바　(두 손을 내밀며.) 아이고머니나, 세르게이 세르게이치!
　　　　　　아휴, 내 사랑스런 이!

파라토프　　포옹을 해드려도 되겠지요? 가능하지요. (서로 끌어안으
　　　　　　며 입맞춤 한다.)

오구달로바　무슨 바람이 불었지요? 아마도, 지나가는 길에 들른 거
　　　　　　지요?

파라토프　　일부러 들렸어요. 첫 방문지가 댁이에요, 아주머니.

오구달로바　고마워요. 어떻게 지냈어요, 사업은 어떻지요?

파라토프　　신을 노하게 하는 일은 없어요, 아주머니, 저는 즐겁게
　　　　　　살고 있어요. 사업도 특별한 게 없고요.

오구달로바	(파라토프를 바라보며.) 세르게이 세르게이치, 내 사랑스런 이여, 말 좀 해 주세요. 그 때는 왜 당신이 그렇게 갑자기 종적을 감췄는지요?
파라토프	유쾌하지 않은 전보를 받았어요, 아주머니.
오구달로바	어떤 전보인데요?
파라토프	제가 없는 상태에서 관리인이니 집사니 하는 자들이 제 집을 호두의 껍데기처럼 깨뜨리려 했거든요. 내 증기선이니 동산이니 부동산이니 하는 것들을 몽땅 자기들의 마음대로 경매에 붙이려고 했거든요. 그래서 그 때 제 재산을 지키기 위해서 달려갔지요.
오구달로바	그래 물론, 모두 다 지키고 잘 정리했지요?
파라토프	웬걸요, 그렇지도 못해요. 정리는 했지만 완전히는 못했어요. 상당한 손실이 있었어요. 그렇지만, 아주머니, 용기도 잃지 않고, 즐거운 기분도 잃지 않았어요.
오구달로바	내가 보기에도 잃지 않은 것 같군요.
파라토프	한 곳에서 잃으면, 다른 곳에서는 얻는 것이 있지요, 아주머니. 우리의 사업이란 것이 그렇지요.
오구달로바	무엇으로 보충을 했나요? 무슨 새로운 거래라도 성사되었나요?
파라토프	저희 같은 순진한 신사들이 무슨 새 거래를 트겠어요! 그러다간 빚이나 잔뜩 지지요, 아주머니. 저의 유일한 자유를 팔 생각이에요.
오구달로바	알겠네요, 유리한 결혼을 하겠다는 거군요. 그런데 자기 자유의 값을 얼마로 치시나요?

파라토프	5십만쯤 치지요.
오구달로바	상당하군요.
파라토프	더 싸게는 안 되지요, 아주머니, 이익이 없어요. 제 자신이 더 비싸다는 것을 제가 아니까요.
오구달로바	훌륭한 남성이군요.
파라토프	그 값에 가져가라는 거지요.
오구달로바	이렇게 용감한 젊은이라니까! 당신을 보기만 해도 기뻐요.
파라토프	당신으로부터 그런 말을 들으니 매우 기쁩니다. 손을 주세요! (손에 입맞춤을 한다.)
오구달로바	그런데 구매자, 다시 말해서 사겠다는 여자는 있나요?
파라토프	찾으면, 나서겠지요.
오구달로바	무례한 질문 죄송해요!
파라토프	만일 매우 무례하다고 생각하시면, 그럼 묻지 마세요, 제가 부끄러우니까요.
오구달로바	제발 농담은 그만 좀 하세요! 신붓감은 있어요, 없어요? 만일 있다면, 그녀는 어떤 여자지요?
파라토프	설령 제 목을 벤다고 해도, 그것은 말 못하지요.
오구달로바	그렇다면 마음대로 하세요.
파라토프	제가 라리사 드미트리예브나에게 경의를 표하고 싶은데요. 제가 그녀를 만나 뵐 수 있을까요?
오구달로바	왜 못 만나겠어요. 내가 지금 가서 그 애를 당신에게 보내 드리지요. (물건들이 들어 있는 상자를 든다.) 이것 보세요, 세르게이 세르게이치, 내일이 라리사의 생일날이어

서, 그 아이에게 이것을 선물하고 싶은데, 돈이 많이 부족하네요.

파라토프　　아주머니, 아주머니! 벌써 서너 사람한테서 돈을 받은 것으로 알고 있는데요! 저는 아주머니의 그런 전술을 아직도 잘 기억하고 있지요.

오구달로바　　(파라토프의 귀를 잡는다.) 아휴, 이런 익살꾼이라니!

파라토프　　저는 내일 이것보다 더 좋은 선물을 제 손으로 직접 들고 오지요.

오구달로바　　내가 라리사를 당신에게 불러 줄게요. (퇴장한다.)

라리사가 들어온다.

제 8 장

파라토프와 라리사가 있다.

파라토프　　뜻밖이지요?

라리사　　그렇네요, 지금은 뜻밖이에요. 저는 오랫동안 당신을 기다렸지요, 그렇지만 이미 오래 전에 기다리지 않기로 했어요.

파라토프　　왜 기다리지 않기로 했지요?

라리사　　기다린다고 해도 희망이 없어서요. 당신이 그렇게 갑자기 종적을 감춘 후에 편지 한 장도 없었으니까요.

파라토프 당신에게 유쾌한 소식을 알릴 수 없는 사정이라 제가 편지를 써 보내질 못했어요.

라리사 저도 그렇게 생각했어요.

파라토프 결혼을 한다고요?

라리사 네, 결혼해요.

파라토프 그럼 나를 얼마나 오랫동안 기다렸는지, 당신에게 물어봐도 될까요?

라리사 당신이 그것을 알아서 뭐해요?

파라토프 제가 호기심 때문에 묻는 것은 아니에요, 라리사 드미트리예브나. 저는 순수하게 이론적인 부분이 궁금해요. 여자가 열정적으로 사랑하던 사람을 얼마나 빨리 잊어버릴 수 있는가를 알고 싶은 거지요. 이를 테면, 그 사람과 헤어진 다음 날, 또는 한 주일 후, 아니면 한 달 후에... 햄릿이 어머니에게 '아직 구두도 닳기 전에'라고 운운할 권리를 가졌는지 말이에요.

라리사 저는 당신의 물음에는 대답하지 않겠어요, 세르게이 세르게이치. 저에 대해서는 당신이 원하는 대로 생각하세요.

파라토프 저는 당신에 대해서는 항상 존경을 가지고 생각하지요. 그렇지만 당신의 행동을 본 뒤로는, 내 눈에서 일반적으로 여자들이 가치를 잃었지요.

라리사 그래 제 어떤 행동을 말씀하세요? 당신은 아무 것도 모르잖아요.

파라토프	이렇게 '착하고도 다정한 눈길들', 이 달콤한 사랑의 속삭임, - 그 한 마디 한 마디가 깊은 한숨과 엇바뀔 때, - 그리고 그 맹세들이라니!... 이런 모든 것이 한 달 후에는 마치 외워서 반복하는 수업처럼 다른 사람에게 되풀이 되고 있으니 말이요. 참, 여자란!
라리사	'여자'가 어떻다는 거지요?
파라토프	당신들에게는 이름이 아까워요!
라리사	아휴, 당신이 어떻게 저를 그렇게 모욕할 수 있지요? 과연 제가 당신이 떠난 후에 그 누군가를 사랑했다는 건가요? 당신은 그렇게 확신하세요?
파라토프	저는 확신하지는 않지만, 짐작은 하지요.
라리사	그렇게 가혹하게 비난을 하시려거든, 제대로 알고 하셔야지요. 짐작이나 해서는 안 되지요.
파라토프	당신은 결혼하잖아요?
라리사	그렇지만 무엇이 나에게 그렇게 강요를 했을까요... 만일, 집에서 더 이상 살 수가 없다면, 만일 무섭고 치명적인 우울증에 빠져있을 때에도 애교를 부리게 하거나 미소를 짓게 강요하고, 역겨움 없이는 쳐다보기도 싫은 구혼자들을 끊임없이 끌어들여 강요한다면, 만일 우리 집에서 큰 추문이 발생하여, 집에서 뿐만 아니라 도시에서도 도망을 쳐야할 지경일 때, 제가 어떻게 해야 할까요?
파라토프	라리사, 그렇다면 당신은?...
라리사	'제가' 뭐요? 그래, 당신은 무슨 말을 하고 싶으세요?
파라토프	용서하시오! 제가 당신에게 큰 잘못을 했군요. 그렇다면

당신은 아직도 저를 잊지 않았고, 여전히 저를 사랑한단 말이지요?

라리사가 침묵한다.

자, 말해 주세요, 솔직하게요!

라리사   물론, 그래요. 물어 볼 게 뭐가 있겠어요.

파라토프 (라리사의 손에 정답게 입맞춤 한다.) 당신에게 감사해요. 고마워요.

라리사   당신에게는 오직 그것만이 필요하겠지요. 당신은 - 참으로 교만한 사람이에요.

파라토프 제가 당신을 남에게 양보할 수도 있지요. 상황으로 보아 제가 당연히 그렇게 해야지요. 그렇지만 당신의 사랑마저 양보하라고 하면, 저는 괴로울 거예요.

라리사   정말로요?

파라토프 만약 당신이 저보다도 그 누군가를 더 좋아했다고 하면, 당신은 저를 심하게 모욕한 것이지요. 저도 역시 이것에 대해 당신을 쉽게 용서하지는 못했을 거예요.

라리사   그런데 이제는요?

파라토프 그런데 이제 저는 당신에 대한 가장 즐거운 회상을 평생 동안 간직하겠어요. 그러니 아주 좋은 친구로서 우리 헤어져요.

라리사   그러니까 여자는 울든 애달파하든 상관없이, 오직 당신만을 사랑해야 한다는 거네요?

파라토프	어떻게 하겠어요, 라리사 드미트리예브나! 사랑에는 평등이 없어요. 이것은 제가 만들어 놓은 게 아니에요. 사랑하면 때로는 울기도 하는 거지요.
라리사	그러면 반드시 여자가 울어야 하나요?
파라토프	물론, 남자는 아니지요.
라리사	그래 왜지요?
파라토프	아주 간단하지요. 만약 남자가 운다면, 그 사람을 계집애 같은 녀석이라고 부를 테니까요. 남자에게는 그런 별명이 가장 나쁘지요. 인간의 지혜가 생각해 낼 수 있는 모든 것 중에서도 가장 나쁘지요.
라리사	만일 사랑이라는 것이 양쪽 모두에게 동등하다면, 눈물 같은 것도 없겠지요. 언제나 이런 경우가 올까요?
파라토프	그런 경우는 매우 드물게 있을 수도 있지요. 그러나 만일 그렇게 된다면 사랑이란 것은 구운 과자가 되겠지요. 그 어떤 감정도 없는 그런 거요.
라리사	세르게이 세르게이치, 제가 당신에게 해서는 안 될 말을 했어요. 당신에게 숨김없이 한 저의 말을 악용하지 않았으면 해요.
파라토프	천만에요, 당신은 저를 어떤 사람으로 보는 거지요! 만일 여자가 자유롭다면, 그 때는 이야기가 다릅니다만... 라리사 드미트리예브나, 저도 예절을 아는 사람이에요. 결혼이란 저에게도 신성한 것이지요. 저는 그 자유사상인가 뭔가를 아주 싫어하지요. 말해 주세요, 물론 당신의 미래의 남편은 많은 장점을 가지고 있지요?

라리사	아니요. 한 가지 뿐이에요.
파라토프	많지는 않군요.
라리사	그 대신에 귀중한 장점이에요.
파라토프	그게 무엇인데요?
라리사	그 사람이 저를 사랑하는 거요.
파라토프	정말로 귀중한 거군요. 가정의 일상생활에서 그게 제일 좋으니까요.

오구달로바와 카란디세프가 들어온다.

제 9 장

파라토프, 라리사, 오구달로바, 카란디세프가 있고,
그 뒤에 하인이 있다.

오구달로바	여러분, 당신들에게 소개해 드리지요! (파라토프에게.) 율리 카피토니치 카란디세프. (카란디세프에게.) 세르게이 세르게이치 파라토프.
파라토프	(카란디세프에게 손을 내밀며.) 우리는 이미 아는 사이군요. (인사하면서.) 수염은 많고 재능은 적은 사람입니다, 사랑스럽게 보고 아껴주시기를 청합니다. 하리타 이그나티예브나와 라리사 드미트리예브나의 오랜 친구입니다.

카란디세프	(침착하게.) 매우 반갑습니다.
오구달로바	세르게이 세르게이치는 우리 집의 친척이나 다름없어요.
카란디세프	매우 반갑습니다.
파라토프	(카란디세프에게.) 당신은 질투하지 않지요?
카란디세프	라리사 드미트리예브나가 제게 질투할 그 어떤 이유도 주지 않으리라 믿습니다.
파라토프	그래요, 하지만 질투하는 사람들은 특별한 이유도 없이 하지요.
라리사	저는 율리 카피토니치가 저를 질투하지 않을 거라고 장담해요.
카란디세프	물론 그렇지요. 그렇지만 만약...
파라토프	오, 그래요. 그래. 그렇게 된다면, 그것은 무슨 일이든 매우 무서울 겁니다.
오구달로바	여러분, 당신들은 무슨 딴 소리들을 하고 있어요! 정말로 질투 말고는 할 이야기가 그렇게 없나요!
라리사	세르게이 세르게이치, 저희들은 곧 시골로 가요.
파라토프	이 아름다운 고장을 버리고요?
카란디세프	당신은 여기에서 어떤 아름다움을 찾았나요?
파라토프	그거야 아시다시피 저마다 다르지요. 취향이나 색에는 모범 답이 없으니까요.
오구달로바	맞아요, 맞아. 누구는 도시를 좋아하고, 누군가는 시골을 좋아하니까요.
파라토프	아주머니, 각자가 모두 자기 취향이 있지요. 수박이 좋다는 사람도 있고, 돼지의 오돌 뼈가 좋다는 사람도 있지요.

오구달로바	어휴, 익살꾼이라니! 당신은 어디서 그렇게 많은 속담들을 알게 되었어요?
파라토프	아주머니, 볼가 강의 배를 끄는 인부들과 사귀면서, 그렇게 러시아어를 배웠지요.
카란디세프	배를 끄는 인부들한테서 러시아어를 배웠다고요?
파라토프	왜 그들한테서 배워서는 안 되지요?
카란디세프	왜냐하면 우리가 그들을 생각하기를...
파라토프	여기서 우리가 누구를 두고 하는 말이지요?
카란디세프	(벌컥 흥분해서.) 우리는, 교양 있는 사람들이지, 배를 끄는 인부들은 아니잖아요.
파라토프	그럼, 당신은 배를 끄는 인부들을 어떻게 생각하세요? 나는 배의 주인이니만큼 그들의 편을 들어요. 저 자신도 그런 배를 끄는 인부지요.
카란디세프	우리는 그들을 난폭하고 무식한 자의 전형으로 보지요.
파라토프	그래요, 그 다음은요. 카란디세프씨?
카란디세프	그게 전부지요. 더는 없어요.
파라토프	아니요, 전부가 아니에요, 중요한 게 빠졌어요. 즉 당신은 용서를 구해야 해요.
카란디세프	제가 사죄를 해야 한다고요!
파라토프	그래요, 더 이상 할 게 없지요. 해야죠.
카란디세프	무슨 이유로요? 그것이 내 신조인데요.
파라토프	하지만-하지만-하지만! 피해서는 안 되지요.
오구달로바	여러분, 여러분, 당신들은 뭘 가지고 그러세요!
파라토프	걱정 마세요. 나는 이런 일로 결투를 신청하지는 않아요.

댁의 신랑감은 살아남는 게 목표일 거예요. 단지 나는 그를 가르치려는 거지요. 내게는 규칙이 있는데, 누구도 어떤 것도 무례할 때는 전혀 용서하지 않는 것이지요. 그렇지 않으면 무서운 것을 잊어버리고, 함부로 행동하니까요.

라리사   (카란디세프에게.) 당신은 뭐하고 있는 거예요? 지금 당장 용서를 구하세요. 내가 당신에게 하는 명령이에요.

파라토프   (오구달로바에게.) 아마도, 저를 제대로 알려 줄 때가 된 것 같군요. 만일 제가 누구를 가르치려고 마음을 먹으면, 1주일 동안은 집에 들어박혀서 벌을 줄 궁리를 하지요.

카란디세프   (파라토프에게.) 저는 이해할 수가 없네요.

파라토프   이해하기 전에 배우고 나서, 그 다음에 이야기를 하세요!

오구달로바   세르게이 세르게이치, 내가 당신 앞에 무릎을 꿇겠어요. 그러니 나를 봐서 저 사람을 용서하세요!

파라토프   (카란디세프에게.) 하리타 이그나티예브나에게 감사를 표하시오. 내가 당신을 용서하겠어요. 다만, 소중한 이여, 사람을 잘 구분하세요! 나는 마음이 상해서 가더라도 씩씩거리지는 않지만, 제대로 부딪치면 그냥 놔두지는 않아요.

카란디세프가 대답하려고 한다.

오구달로바   대꾸하지 마세요, 대꾸하지 말아요! 그렇지 않으면 내가 당신하고 싸울 테니까요. 라리사! 샴페인을 가져 와서 저 두 사람에게 한 잔씩 따라 드려라 - 화해의 술이나 마시라고.

라리사가 퇴장한다.

자 여러분, 제발 더는 다투지들 말아요. 나는 성미가 온순한 여자에요. 나는 모두가 서로에게 동조하면서 화목하게 지내는 게 좋아요.

파라토프 저도 역시 온순한 성미여서, 닭들조차도 화나게 하지 못하는 데요. 저는 결코 먼저 시비를 걸지 않아요. 저는 당신에게 그것만은 장담하지요.

오구달로바 율리 카피토니치, 당신은 아직 젊은이잖아요. 좀 더 자중하세요, 발끈해서는 안 되지요. 괜찮다면 세르게이 세르게이치를 점심 식사에 초대하세요, 반드시 초대해야 해요! 저 분과 함께 점심식사를 하면 우리도 정말 즐거울 거예요.

카란디세프 저도 역시 초대하고 싶었어요. 세르게이 세르게이치, 당신도 오늘 저희 집에서 식사를 하시면 어떨까요?

파라토프 (냉랭하게.) 기꺼이 그러지요.

라리사가 들어온다.
그 뒤로 손에 샴페인 병과 쟁반에 잔들을 담아 든 사나이가 등장한다.

라리사 (술을 따른다.) 여러분, 아무쪼록 어서 드세요.

파라토프와 카란디세프가 잔을 든다.

　　　　　　당신들 두 분이 친구가 되시기를.

파라토프　　당신의 요청은 저에게는 명령이나 다름이 없지요.

오구달로바　(카란디세프에게.) 당신도 세르게이 세르게이치를 본받으
　　　　　　세요!

카란디세프　저야 더 말할 게 없지요. 라리사 드미트리예브나의 한마
　　　　　　디 한마디가 제게는 다 법이니까요.

보제바토프가 들어온다.

제 10 장

오구달로바, 라리사, 파라토브, 카란디세프, 보제바토프가 있고,
뒤에 로빈존이 있다.

보제바토프　우리가 가는 곳에는 샴페인이 있다니까요. 냄새 맡는 데
　　　　　　는 귀신같다니까! 하리타 이그나티예브나, 라리사 드미
　　　　　　트리예브나, 금발머리를 방으로 들어오게 허락해 주십
　　　　　　시오!

오구달로바　금발머리라니?

보제바토프　이제 보시게 될 거예요. 들어오게, 금발머리!

로빈존이 들어온다.

당신들에게 저의 새로운 친구, 로빈존 경을 소개할 영광
을 주세요.

오구달로바 매우 반가워요.

보제바토프 (로빈존에게.) 손에 키스를 하게!

로빈존이 오구달로바와 라리사의 손에 입맞춤을 한다.

자, 밀로드[17], 이제 이리로 오게!

오구달로바 당신은 왜 당신 친구에게 그렇게 명령을 하지요?

보제바토프 이 사람은 부인들과의 사교 모임에 거의 참석을 해 본
적이 없어서요. 게다가 수줍어해서요. 물을 따라 육지를
따라 줄곧 여행만 하다가, 최근에는 무인도에서 아주 야
만적인 생활을 했지요. (카란디세프에게.) 당신에게 소개
합니다! 로빈존 경이고, 이 분은 율리 카피토니치 카란디
세프이에요!

카란디세프 (로빈존에게 손을 내밀며.) 당신은 영국을 떠나신 지 오래
되었습니까?

로빈존 Yes.

보제바토프 (파라토프에게.) 제가 저 친구에게 세 마디 영어를 가르쳐
주었지요, 솔직히 말하자면, 저도 그 이상은 모르니까

---

17 영국에서 귀족에 대한 존칭, 우리말에서 '각하'의 의미. (역자 주)

	요. (로빈존에게.) 자네, 왜 술을 자꾸 쳐다보는가? 하리타 이그나티예브나, 마셔도 되지요?
오구달로바	그럼요, 어서 마시세요.
보제바토프	아시다시피 영국 사람들은 하루 종일, 아침부터 술을 마신다고 하네요.
오구달로바	정말로 당신도 하루 종일 마시나요?
로빈존	Yes.
보제바토프	그 사람들은 아침 식사를 세 차례나 하고, 여섯 시부터 열 두 시까지 점심을 먹는다는군요.
오구달로바	그럴 수가 있나요?
로빈존	Yes.
보제바토프	(로빈존에게.) 자, 술을 따르게!
로빈존	(술잔들에 술을 따른다.) If you please! (다들 마신다.)
파라토프	(카란디세프에게.) 저 사람을 점심 식사에 초대하세요! 우리는 저 사람과 어디든 함께 다니니까요. 저는 저 사람 없이는 갈 수 없어요.
카란디세프	성함이 어떻게 되지요?
파라토프	누가 그를 이름으로 부르겠어요! 로르드[18]나 밀로드라고 부르면 되요.
카란디세프	이 분이 정말 경입니까?
파라토프	물론 경은 아니지요. 그들이 그렇게 부르는 걸 좋아하지요. 그저 간단히 써~(sir) 로빈존이라고 하세요.

---

18 영국 귀족의 칭호, 혹은 그 칭호를 가진 사람. 우리말에서 '경'의 의미. (역자 주)

카란디세프	(로빈존에게.) 써~ 로빈존. 아무쪼록 제 집에서 점심식사를 함께 해 주시기를 바래요.
로빈존	I thank you.
카란디세프	(오구달로바에게.) 하리타 이그나티예브나, 저는 집으로 가 볼게요. 이것저것 해야 할 일들이 있으니까요. (모두에게 인사한다.) 제가 당신들을 기다리지요, 여러분. 먼저 돌아가겠습니다! (퇴장한다.)
파라토프	(모자를 들고.) 그럼 저희들도 가겠습니다. 여행의 피로를 좀 풀어야겠어요.
보제바토프	점심 식사에 갈 준비를 해야지요.
오구달로바	잠깐만 계세요. 여러분, 한꺼번에 다 가실 필요가 있나요!

오구달로바와 라리사가 카란디세프를 따라 현관으로 퇴장한다.

제 11 장

파라토프, 보제바토프와 로빈존이 있다.

| 보제바토프 | 당신은 신랑감이 마음에 드세요? |
| 파라토프 | 마음에 들게 뭐가 있어요! 그 사람이 누구 마음에 들 수 있겠어요! 게다가 말하는 것도 거위가 꽥꽥거리는 거 같은데. |

보제바토프	무슨 일이 있었나요?
파라토프	이야기는 짧았지요. 제법 사람처럼 폼을 잡더니, 수탉처럼 성까지 발칵 내더군요. 그 친구, 두고 보라지요, 내가 그 친구를 좀 놀려 줄 테니까요. (자기 이마를 치면서.) 좋았어, 참 기발한 생각이 났어요! 자, 로빈존, 자네가 어려운 일을 좀 해야겠네. 열심히 해 보게나.
보제바토프	무슨 일인데요?
파라토프	이런 일이지요... (귀를 기울이면서.) 주인들이 오네요. 여러분, 나중에 이야기하지요.

오구달로바와 라리사가 들어온다.

돌아가 보겠습니다.

| 보제바토프 | 좀 있다 봬요! (서로 인사를 한다.) |

제 **3** 막

등장인물

예프로시니야 포타포브나 카란디세프의 큰 어머니.

카란디세프.

오구달로바.

라리사.

파라토프.

크누로프.

보제바토프.

로빈존.

이반.

일리야 집시.

카란디세프의 서재이다.

특별한 취향도 없이 요구에 따라 가구들이 갖추어진 방이다.

소파 위쪽의 한 쪽 벽에는 양탄자가 펼쳐진 채 걸려 있고,

그 위에 무기들이 장식되어 있다. 거기에는 3개의 문이 있는데,

하나는 중앙에, 두 개의 문은 양 옆으로 나 있다.

제 1 장

예프로시니야 포타포브나와 이반이 있다.

(이반은 왼쪽 문에서 들어오고 있다.)

이반   레몬을 좀 주세요!

예프로시니야 포타포브나   이 교활한 사람아, 무슨 레몬을 말인가?

이반   메시나의 레몬이요.

예프로시니야 포타포브나   자네는 그것들이 어디에 필요한 거지?

이반   점심 식사 후에 어떤 손님은 커피를 마시지만, 어떤 손님은 차를 마십니다. 그러니까 차를 준비하는데 필요하지요.

예프로시니야 포타포브나   자네가 오늘 내 모든 혼을 빼면서 나를 못살게 하는구면. 크렌베리 주스를 주어도 되는데, 마찬가지 아닌가. 저기서 내 작은 물병을 좀 가져오게. 자네 조심해야 하네. 물병이 낡아서 마개가 겨우 달라붙어 있으니까. 밀랍으로 겨우 붙여 놓았지. 같이 가세. 내가 직접 내주지 (중앙의 문으로 퇴장하고, 이반이 그녀를 뒤따라 나간다.)

오구달로바와 라리사가 왼편에서 들어온다.

제 2 장

오구달로바와 라리사가 있다.

라리사   에휴, 엄마, 제가 어디에 몸을 숨겨야 할지 모르겠어요.

오구달로바   내가 그 사람이 그렇게 할 줄 알았다.

라리사   오찬이 뭐 이래요, 이게 무슨 오찬이에요! 게다가 모키
파르묘니치까지 초대해 놓고서! 그 이가 무슨 짓을 한
거지요?

오구달로바   그래, 대접을 한다는 게, 뭐라 더 할 말이 없구나.

라리사   아휴, 얼마나 꼴사나워요! 이거 보다 더 부끄러운 수치는
없을 거예요. 다른 사람 때문에 당하는 수치 말이에요.
우리가 잘못한 것이 없는데도, 어찌나 수치스럽고 부끄
러운지 어디로든 달아나고 싶어요. 그런데 그 사람은 아
무 것도 눈치 채지 못하고, 오히려 더 즐거워하잖아요.

오구달로바   그래 그 사람이야 눈치 채지 못할 수도 있지. 점잖은 분들
이 만찬 식사 하는 것을 그 사람이 하나라도 알기나 하며,
언제 한 번 제대로 보기나 했겠니. 그 사람은 아직도 자기
사치에 다른 사람들이 모두 다 놀랐을 거라고 생각하면
서, 저렇게 즐거워하는 모양이다. 그래 너는 사람들이
일부러 그에게만 술을 먹이는 것을 눈치 채지 못했니?

라리사   아휴, 저걸 어째! 그가 더 이상 못 마시게 하세요, 못 마
시게요!

오구달로바   어떻게 못 마시게 하니! 그 사람은 어린 아이가 아니다.

유모 없이 지낼 나이야.

라리사   그 사람이 바보도 아닌데, 어떻게 이런 것을 알아채지 못 할까요!

오구달로바   바보는 아니더라도 자존심은 강하지. 자기를 조롱하느라, 주량을 칭찬하는 것을 진짜로 알고 좋아하더구나. 자기네들은 마시는 시늉만 하고, 그 사람에게만 따라 주더구나.

라리사   에휴! 나는 무서워요. 모든 게 다 무서워요. 왜 그 분들이 이런 짓을 할까요?

오구달로바   그거야 단순하지. 그를 놀려주겠다는 거지.

라리사   그렇다면 그 분들이 결국 저를 괴롭히려는 거잖아요?

오구달로바   누구에게 무슨 소용이 있다고, 너를 괴롭히겠냐. 라리사야, 아직 아무 것도 보지 않고서, 벌써부터 괴로워하면, 앞으로는 어떻게 하겠다는 거냐?

라리사   아휴, 어차피 일은 벌어졌어요. 아쉽지만 되돌릴 수는 없어요.

예프로시니야 포타포브나가 들어온다.

제 3 장

오구달로바, 라리사와 예프로시니야 포타포브나가 있다.

예프로시니야 포타포브나　벌써 다 드셨어요? 그래, 차는 안 드시겠
어요?

오구달로바　아니오, 그만 두겠어요.

예프로시니야 포타포브나　남자들은 아직도 뭘 하나요?

오구달로바　그 분들은 저기 앉아서, 이야기하고 있어요.

예프로시니야 포타포브나　그래, 다 먹었으면 일어나도 좋을 텐데,
뭐가 더 나오길 기다리고들 있을까요? 정말 나는 이 오
찬 준비에 정신이 쏙 빠졌어요. 고생이지, 손해지! 요리
사라는 자들은 날강도들이라, 마치 무슨 승리자처럼 하
고서 부엌으로 들어오더라고요, 감히 그 사람한테는 말
한 마디도 못 하겠더라고요!

오구달로바　그 사람과 무슨 말을 하겠어요? 만일 그가 훌륭한 요리
사라면, 그를 가르칠 필요가 없지요.

예프로시니야 포타포브나　가르친다는 말이 아니라, 물건을 물 쓰듯
마구 써대니 말이지요. 만약 시골의 우리 집에서 나는
물건 같으면 내가 한 마디도 안 하겠지만, 돈을 들여서
비싸게 사들인 물건이야, 글쎄 왜 그것이 아깝지 않겠어
요. 생각해 보세요, 설탕을 내놓아라, 바닐라 향료를 내
놓아라, 어묵을 내놓아라, 그런데 바닐라 향료도 비싼

거지만, 어묵은 더 비싸지요. 그런 것은 냄새나 나게 조
금씩 사용해도 될 것을, 그 사람은 쓸데없이 몽땅 부어
넣거든요. 나는 그 사람을 보기만 해도, 가슴이 덜컥 내
려앉더라고요.

오구달로바　　　그렇지요, 절약하는 사람들에게는. 물론...

예프로시니야 포타포브나　　　절약이 다 뭐예요, 미친 사람이 아니고서
야, 철갑상어만 하더라도, 그것이 크나 작으나 그 맛이야
같지 않겠어요? 그런데 크기에 따라 가격 차이가 엄청나
더라고요! 열 마리에 50 코페이카를 주면 얼마든지 살
수 있는데, 그 사람은 한 마리에 50 코페이카씩이나 주지
않았겠어요.

오구달로바　　　점심식사에 나왔던 그 철갑상어들은, 아직 볼가 강에서
놀면서 좀 더 자라도 좋을 것들이던데요.

예프로시니야 포타포브나　　　글쎄, 정말로 1루블이나 2루블짜리도 있
겠지요, 그런 것은 돈 많은 사람들이나 사다 먹으라지요.
어느 지체 높으신 귀족이나 사제 같으면 사다 먹을 만도
하겠지요, 이건 누구를 위해서 하는 거지요! 또 포도주도
1루블이나 그 이상 가는 값 비싼 것을 사라는 건데, 마침
정직한 상인을 만났는데, 그이가 어느 것이나 한 병에
60 코페이카에 가져가라면서, 원하는 라벨 어떤 것이든
붙여 주겠다고 하더라고요! 그렇게 포도주가 나오게 된
거지요! 명예를 걸고 말할 수 있어요. 내가 한 잔 맛을
봤더니, 패랭이 꽃 냄새도 나고 장미꽃 냄새도 나고, 또
그 무슨 향도 나더라고요. 그 술에 그렇게 귀한 향들이

많이 들어갔는데, 그게 어떻게 싸겠어요! 한 병에 60 코페이카라니, 그게 어디 적은 돈이에요! 하기는 그만한 값을 치를 만도 하지요. 그렇지만 더 비싼 것을 살 돈은 없지요. 월급으로 사니까요. 이거 보세요, 우리 이웃 사람이 결혼을 했는데, 그 사람은 온통 털을 뒤집어썼더라고요. 깃털 침대에 베개를 실어 온다는데, 실어 오고, 실어 오고, 아주 많이 실어왔지요, 모두 깨끗한 것으로만 실어왔지요. 나중에는 귀한 모피를 실어오는 데, 여우, 담비, 밍크더라고요! 그 모든 것이 집으로 들어오니까, 그 사람은 소비할 것이나 있지요. 그런데 옆에 있는 관리는 결혼을 했는데, 지참금이라고 낡은 피아노 한 대만 실고 왔지요. 그것 가지고서야 살림이 되겠어요. 아무튼 우리에게는 사치스럽게 사는 것은 격에 맞지 않아요.

라리사   (오구달로바에게.) 저는 여기서 눈길이 가는 대로 달아나고 싶어요.

오구달로바   불편하기는 해도, 그럴 수는 없다.

예프로시니야 포타포브나   혹시 몸이 좋지 않으면, 내 방으로 가세요. 그렇지 않으면 남자들이 나와서 숨도 못 쉬게 담배를 피워댈 테니까요. 내가 왜 이리 서 있기만 할까! 어서 달려가서 은그릇을 세어서 잠가 둬야지. 요즘에는 양심이 없는 자들이 있더라고요.

오구달로바와 라리사는 오른쪽 문으로 퇴장한다.
예프로시니야 포타포브나는 중앙의 문으로 퇴장한다.

왼쪽 문으로 파라토브, 크누로프, 보제바토프가 등장한다.

제 4 장

파라토프, 크누로프와 보제바토프가 있다.

크누로프　　여러분, 나는 클럽으로 점심 먹으러 갈 거요. 나는 아무
　　　　　　것도 먹지 못했어요.

파라토프　　잠시만 기다리세요, 모키 파르묘니치!

크누로프　　저는 살면서 이런 경우는 처음 당했어요. 명망 있는 사람
　　　　　　들을 만찬이라고 초대하고서는 먹을 만한 게 아무 것도
　　　　　　없으니... 여러분, 그는 정말로 어리석은 자이지요.

파라토프　　우리들도 같은 의견입니다. 그는 이게 당연하다는 사실
　　　　　　을 인정해야겠지요. 그는 정말로 어리석은 자이니까요.

크누로프　　게다가 그 자신이 누구보다도 먼저 취해 버리다니.

보제바토프　우리가 그를 혼내 주려고 꾸몄잖아요.

파라토프　　그래요. 제 생각을 실행에 옮겼지요. 그가 술에 완전히
　　　　　　취하게 해놓고, 무슨 일이 일어나는 지를 좀 보자는 생각
　　　　　　이 저의 머릿속에 떠올랐지요.

크누로프　　아하, 당신들이 그것을 꾸며낸 거군요?

파라토프　　우리는 먼저 약속을 해 두었지요. 여러분, 이런 경우를
　　　　　　위해서는 로빈존 같은 친구가 아주 제격이지요.

보제바토프	그는 사람이 아니라, 사실 금덩어리지요.
파라토프	주인을 취하도록 마시게 하자면, 자신도 주인과 함께 마셔야지요. 그런데 주인은 그걸 포도주라고 부르고 있지만, 그 폭탄주를 마실 재주가 있어야지요. 그렇지만 로빈존은 야로슬라프에서 만드는 외국산 포도주에 이미 단련이 된 체질이라서, 그에게 그 정도는 아무렇지도 않지요. 로빈존이 마시고 나서 칭찬하고, 이런 저런 것들을 맛보고, 비교하면서 조예가 깊은 체하면서 잔을 들면서도 주인 없이는 마시려고 하지 않으니까, 주인이 곯아 떨어졌지요. 원래부터 술을 많이 마시지 않는 사람이 그렇게 많이 마셔댔으니, 순식간에 취해서 길길이 날뛸 정도가 되었지요.
크누로프	이런 이야기도 재미있지만, 여러분, 나는 농담이 아니라 몹시 허기지네요.
파라토프	아직은 시간이 있어요. 잠깐만 기다리세요, 우리가 요청을 할 수 있잖아요! 라리사 드미트리예브나에게 뭐든지 한 곡 부르게 하지요.
크누로프	그렇다면 문제가 다르지요. 그런데 로빈존은 어디 있나요?
보제바토프	그들은 아직도 저기서 끝까지 마시고 있어요.

로빈존이 들어온다.

제 5 장

파라토프, 크누로프, 보제바토프와 로빈존이 있다.

로빈존   **(소파에 털썩 걸터앉으며.)** 하느님 아버지, 제발 살려주세요! 이보게, 세르쥬, 자네는 나를 하느님 앞에서도 끝까지 책임져야 할 거야!

파라토프   자네는 왜 그러나, 뭐 많이 취했나?

로빈존   취하다니! 내가 언제 한 번이라도 술 취한 걸로 원망하던가? 만일 취했다면 그거야, 참으로 훌륭한 일이지. 그 이상 더 훌륭한 것은 바랄 수도 없으니까. 나는 그렇게 취하고자 하는 훌륭한 목적으로 여기에 왔고, 그런 훌륭한 목적으로 세상을 살아간다네. 그것은 내 삶의 목적이지.

파라토프   그런데 자네는 왜 그러나?

로빈존   독을 마신 모양이야. 내가 살려달라고 소리를 지를 지경인 걸 보니.

파라토프   그래 자네는 어떤 포도주를 더 많이 마셨는가?

로빈존   그걸 누가 알겠어? 그래, 내가 무슨 화학자인가! 어떤 약제사도 가려내지 못할 거야.

파라토프   그래 병에 뭐가 붙어 있던가. 무슨 상표가?

로빈존   병에는 '부르곤스코예[19]'라는 상표가 붙어 있었지만, 병

---

19 프랑스 동부지방의 부르고뉴 지역에서 생산된 포도주. (역자 주)

안에는 '킨데르발잠[20]' 같은 게 담겨져 있었거든. 그 향료가 나를 그대로 두지는 않았다는 것을, 내가 지금 느끼고 있네.

보제바토프 포도주를 제조할 때, 비율이 맞지 않게 무엇이든 쓸데없는 것들을 지나치게 많이 넣는 일이 있고는 하지. 실수하는 게 오래 걸리는 일도 아니잖아? 사람이 기계는 아니니까. 독버섯을 많이 넣은 것은 아니겠지?

로빈존 자네는 뭐가 그리 유쾌한가! 사람이 죽겠다는데, 자네는 기쁜가 보네.

보제바토프 광란적으로 놀아댔잖아! 자네는 죽을 걸세, 로빈존.

로빈존 허튼 소리 작작 하게, 내가 죽는 것에는 동의할 수 없네... 아, 이놈의 포도주가 어떤 후유증을 일으키는지 알기라도 했으면 좋으련만.

보제바토프 틀림없이 한쪽 눈이 터질 테니, 자네는 그렇게 알고 기다리게나.

무대 뒤에서 카란디세프의 목소리가 들린다 :
- '이보게, 우리에게 부르곤스코예 술을 더 가져 오게나!'

로빈존 흥, 저것 좀 들어 보세요. 또 부르곤스코예라네요! 제발 살려 주시게. 내가 죽을 것 같네! 세르쥬, 자네만이라도 나를 동정해 주게. 여러분, 아시다시피, 저는 한창 나이

---
20 러시아의 지방에서 민간요법으로 주조되는 향기로우며 단 맛이 나는 과일주. (역자 주)

에요, 저는 큰 기대를 받고 있는 사람이에요. 무엇을 위해서 예술이 희생을 당해야만 하겠어요...

파라토프   그래, 우는 소리는 그만 좀 하게, 내가 자네를 고쳐 줄 테니까, 내가 자네를 어떻게 도와주어야 할지를 알고 있네. 씻은 듯이 없어질 거야.

카란디세프가 시가 상자를 들고 들어온다.

제 6 장

파라토프, 크누로프, 보제바토프, 로빈존과 카란디세프가 있다.

로빈존   (양탄자를 보며.) 당신이 가지고 있는 것은 뭔가요?

카란디세프   시가지요.

로빈존   아니, 양탄자에 걸려있는 것 말이오? 모조품들인가요?

카란디세프   무슨 모조품이란 말이오! 그건 튀르키예[21]제 무기들이요.

파라토프   그래 오스트리아 사람들이 튀르키예를 이기지 못하는 게 누구의 잘못인가 했더니, 바로 당신이군요.

카란디세프   어떻게요? 무슨 농담이 그렇지요! 그 무슨 말도 안 되는 소리를 하세요! 제가 무슨 잘못이 있다는 거요?

---

21 예전의 '터키'로 불리던 국가의 새로운 명칭. (역자 주)

파라토프	그 사람들한테서 너절하고 쓸모없는 무기들을 당신이 전부 수집을 해댔으니 말이요. 그래서 그들은 울며 겨자 먹기로 영국제의 훌륭한 무기로 보충을 했으니까요.
보제바토프	그래요, 맞아요, 바로 죄인이 여기 있었군요! 이제야 찾았군요. 그래서 오스트리아 사람들이 당신한테 고맙다는 말을 하지 않는 거요.
카란디세프	저 무기들이 왜 쓸모없다는 거지요? 예를 들어, 이 권총을 보세요. (벽에서 권총을 내려 든다.)
파라토프	(그에게서 권총을 가져오면서.) 이게 권총인가요?
카란디세프	아휴, 조심하세요. 그것은 장전된 거예요.
파라토프	걱정하지 마세요! 권총이 장전이 되었건 안 되었건, 이것의 위험성은 마찬가지예요, 이 총이 발사되지 않는 것은 마찬가지니까요. 다섯 발자국 거리에서 나를 쏴 보세요. 내가 허락할 테니까요.
카란디세프	원, 아니요! 이 권총도 쓸모가 있어요.
파라토프	그래요, 벽에다 못을 박을 수 있겠군요. (권총을 탁자 위에 내던진다.)
보제바토프	자, 아니에요. 그런 말 마세요! 러시아 속담에 '죄를 지으면 막대기로라도 쏜다.'라는 말이 있지요.
카란디세프	(파라토프에게.) 시가 태우지 않을래요?
파라토프	이거 비싼 것 아닌가요? 제 생각에 100개에 7루블 정도 할 텐데요.
카란디세프	그렇지요. 그 정도 되지요. 품질이 고급이니까요, 아주 고급 품질이에요.

파라토프   나는 이 종류를 잘 알지요. 레갈리야 카푸스티시마²², 즉
            dos amigos지요. 나는 그것을 친구 접대용으로는 가지
            고 있지만, 내 자신이 피지는 않지요.

카란디세프   (크누로프에게.) 시가 태우지 않을래요?

크누로프   저는 당신의 시가를 원하지는 않아요. 제 것을 피우지요.

카란디세프   좋은 시가에요, 좋은 거.

크누로프   글쎄, 좋은 거라면 당신이나 피우세요.

카란디세프   (보제바토프에게.) 당신은 담배를 피우지 않나요?

보제바토프   이것은 저에게 너무나 비싼 거지요. 이러다가 버릇이 되
            지요. 우리가 그런 걸 피우다가는 입이 부르틀 수 있지
            요. 순한 게 제격이지요.

카란디세프   써 로빈존, 당신은 담배를 피우십니까?

로빈존   저 말입니까? 이상한 질문이네요! 다섯 대만 주세요! (다
            **섯 개비를 뽑아들더니, 주머니에서 종이를 꺼내 조심스럽게
            싼다.**)

카란디세프   당신은 왜 지금 피우지 않지요?

로빈존   아니, 어떻게요! 이 시가들은 자연 속에서, 훌륭한 장소
            에서 피워야 하지요.

카란디세프   그래 왜지요?

로빈존   만일 이것들을 점잖은 집안에서 피우다가는 아마도 매를
            맞을 수 있지요, 나는 그것을 견딜 수는 없어요.

---

22 레갈리야는 고급 담배의 한 종류이며, 카푸스티시마는 러시아어 배추(카푸스타)와 이
   탈리아어 벨리시모(bellissimo – 최상의 등급)를 결합한 라틴어 방식의 풍자적인 단어
   결합의 한 예. (역자 주)

보제바토프　자네는 매 맞는 것을 좋아하지 않았나?

로빈존　아닐세, 어린 시절부터 혐오했다네.

카란디세프　이 분이 얼마나 괴짜인지요! 여러분, 참으로 괴짜라고
요! 이제야 영국 사람을 알 것 같아요. (큰 목소리로.) 우리
여성분들은 어디에 계시지요? (더 큰 목소리로.) 여성분들
은 어디 계세요?

　　　　　　오구달로바가 들어온다.

제 7 장

　　　파라토프, 크누로프, 보제바토트, 로빈존,
　　　카란디세프와 오구달로바가 있다.

오구달로바　여성들은 여기 있으니까, 걱정하지 마세요. (카란디세프
에게 조용히.) 당신은 무얼 하고 있는 거예요? 자신을 좀
살펴보세요!

카란디세프　천만에요. 저는 제 자신을 잘 알지요. 보세요, 당신들 모
두 다 취했지만, 저만 이렇게 멀쩡하잖아요. 오늘 저는
너무 행복해요. 저는 축하를 해야지요.

오구달로바　축하를 하세요. 다만 그렇게 크게 소리 지르지는 마세요!
(파라토프에게 다가가서.) 세르게이 세르게이치, 율리 카

피토니치를 그만 조롱하세요! 그걸 보고 있기가 민망하네요. 당신은 나와 라리사를 모욕하고 있어요.

파라토프   아휴, 아주머니 제가 감히 그럴 수 있겠어요!

오구달로바   당신은 오래 전에 말다툼했던 걸 아직까지 잊지 않은 모양이지요? 정말 부끄럽지 않으세요!

파라토프   별 말씀을 다 하시네요! 아주머니, 저는 뒤끝이 없어요! 그럼 허락하신다면, 제가 당신들이 만족할 수 있도록 한 번에 끝내고 말지요. 율리 카피토니치!

카란디세프   당신이 원하는 게 뭐죠?

파라토프   당신은 나와 부르데르샤프트[23] 하며 술을 마시지 않을래요?

오구달로바   그거 참 좋군요. 당신에게 감사해요!

카란디세프   부르데르샤프트를 하자고 말씀하셨지요? 그렇게 하지요. 아주 좋습니다.

파라토프   (오구달로바에게.) 라리사 드미트리예브나를 이리로 불러주세요! 그녀는 왜 숨어서 나오지 않는 거지요!

오구달로바   좋아요, 내가 그녀를 데려 올게요. (퇴장한다.)

카란디세프   우리 어떤 술을 마실까요? 부르곤스코예로 할까요?

파라토프   아니요, 제발 그것만은 그만 마시게 해 주시오! 나는 평범한 사람이오.

---

23 서로 잘 알지 못하는 두 사람이 서로 어깨를 교차하여 동시에 술을 다 마시는 행위로, 이런 의식을 통해서 새롭게 친구가 되거나, 서로가 오해한 부분을 풀면서 '화해'를 하는 음주 방법. (역자 주)

카란디세프	그럼 무엇을 마실까요?
파라토프	아시다시피, 이제는 둘이서 코냑을 마시는 게 흥미롭겠지요. 코냑이 있나요?
카란디세프	왜 없겠어요! 내 집에는 뭐든 다 있지요. 이보게, 이반, 코냑을 가져 오게!
파라토프	이리로 가져 올게 뭐 있겠어요. 우리가 저기서 마시지요. 그저 큰 잔을 가져오라고 하세요. 나는 작은 잔을 용납하지 않으니까요.
로빈존	당신 집에 코냑이 있다는 말을 왜 당신은 미리 하지 않았어요? 이 얼마나 귀한 시간을 허비한 거지요!
보제바토프	그래 이 친구가 다시 살아났군!
로빈존	나는 이런 술이라면 기꺼이 마실 수 있지요. 나는 이 술에 더 잘 적응되었거든요.

파라토프와 카란디세프가 왼쪽 문으로 나간다.

제 8 장

크누로프, 보제바토프와 로빈존이 있다.

로빈존	(왼쪽 문을 바라본다.) 이제 카란디세프는 끝장이군요. 내가 시작은 했지만, 세르쥬가 그를 끝장내겠지요. 서로

술을 따르고 자리를 잡았군요. 한 폭의 생생한 그림이네요. 보세요, 세르쥬가 미소를 어떻게 짓고 있는 지를요! 영락없는 베르트람[24]이거든요. (《로베르트》[25] 중에서 한 소절을 부른다.) '그대는 나의 구원자, 나 또한 그대의 구원자! 그리고 보호자, 그리고 보호자' 자, 다 마셨군요. 서로 키스를 하는데요. (노래를 부른다.) '나는 진정으로 행복하여라! 나의 희생양이여!' 아휴, 이반이 코냑을 다시 가져가네요, 다시 가져가요! (큰 목소리로.) 이보게, 자네는 뭐하는 건가, 놔두게! 내가 그것을 얼마나 기다렸는데. (달려간다.)

중앙의 문에서 일리야가 들어온다.

제 9 장

크누로프, 보제바토프, 일리야,
그리고 그 뒤로 파라토프가 서 있다.

보제바토프 일리야, 자네는 무슨 일인가?

---

24 오페라 '로베르트'의 등장인물로 주인공의 친구이자, 악마의 전형. (역자 주)
25 쟈코모 메이에르베르 작곡의 5막 오페라. (역자 주)

일리야	우리는 준비가 다 되었습니다. 모두 모여 있습니다. 가로수 길에서 기다리고들 있는데요. 언제 떠나실 건가요?
보제바토프	지금 다 함께 가세, 잠깐만 기다리게!
일리야	좋습니다. 분부대로 대로 하겠습니다.

파라토프가 들어온다.

파라토프	오, 일리야, 준비는 다 되었나?
일리야	다 되었습니다, 세르게이 세르게이치.
파라토프	자네 기타는 가지고 왔나?
일리야	가져 오지 않았는데요, 세르게이 세르게이치.
파라토프	기타가 필요하네, 알겠는가?
일리야	지금 당장 갔다 오겠습니다. 세르게이 세르게이치! (퇴장한다.)
파라토프	저는 라리사 드미트리예브나에게 어떤 것이든 노래 한 곡을 불러 달라고 요청할 겁니다. 그런 다음에 볼가 강 너머로 가시지요.
크누로프	라리사 드미트리예브나가 없다면 우리의 피크닉도 흥이 나지 않겠지요. 만약 함께 갈 수만 있다면... 그런 즐거움을 위해서라면 비싼 대가를 치러도 좋지요.
보제바토프	만약 라리사 드미트리예브나가 함께 가주기만 한다면, 저는 기쁜 마음으로 뱃사공 모두에게 은화 1루블씩을 주겠습니다.
파라토프	생각해 보세요, 여러분, 저 역시도 같은 생각을 하고 있

었습니다. 참, 우리들이 이렇게 의견이 일치했네요.

크누로프 그래 가능성이 있을까요?

파라토프 철학자들이 말하기를, 세상에는 불가능한 것은 아무 것도 없다고 했지요.

크누로프 그런데 여러분, 로빈존은 이제 필요 없잖아요. 그만큼 즐겁게 놀았으면 되었잖아요. 그가 저기에서도 짐승 꼴이 될 정도로 술을 마시면, 좋을 게 뭐가 있겠어요. 피크닉은 점잖은 건데, 저 사람이 결코 우리 그룹에 낄 수는 없지요. (문을 가리키면서.) 저거 보세요, 그가 코냑에 어떻게 달라붙어 있는 지를요.

보제바토프 그러면 그를 남겨두고 가지요.

파라토프 어떻게든 달라붙을 텐데요.

보제바토프 잠깐만 계세요, 여러분, 제가 그를 떼어놓을 테니까요. (문간에서.) 로빈존!

로빈존이 들어온다.

제 10 장

파라토프, 크누로프, 보제바토프와, 로빈존이 있다.

로빈존 자네 무슨 일인가?

보제바토프   (조용히.) 파리에 가고 싶지 않나?

로빈존   파리라고, 언제 말인가?

보제바토프   오늘 저녁에.

로빈존   우리는 볼가 강 너머로 가는 거 아니었나.

보제바토프   자네 마음대로 하게, 그럼 볼가 강 너머로 가게나. 나는 파리로 갈 테니까.

로빈존   알다시피 내게는 여권이 없지 않는가.

보제바토프   그것은 내게 맡기게.

로빈존   나야 찬성이지!

보제바토프   그럼 우리 여기서 함께 떠나세. 내가 자네를 우리 집으로 데리고 갈 테니, 거기서 나를 기다리면서 쉬기도 하고, 잠도 좀 자두게. 나는 다른 일 때문에 두어 곳을 잠시 들려야겠네.

로빈존   집시들의 노래를 듣는 것도 재미있을 텐데.

보제바토프   현역 배우가 왜 이러나! 부끄럽지 않은가! 집시들의 노래라는 게 무식한 거 아닌가. 이탈리아 오페라 아니면, 명랑한 오페레타라면 모르겠지만! 바로 그런 것이 자네가 들어야 할 것이지. 아마 자네도 공연을 했겠지만.

로빈존   물론이지! "노래하는 새들"에 출연했지!

보제바토프   누구 역을 했나?

로빈존   공증인 역을 했지.

보제바토프   흴, 그런 배우가 어떻게 파리에 가 본적이 없다니! 파리에 다녀 온 후에 자네의 가치가 얼마나 오르겠나!

로빈존   손을 주게!

보제바토프	가겠나?
로빈존	가겠네.
보제바토프	(파라토프에게.) 여기서 이 사람이 《로베르트》의 한 소절을 얼마나 잘 불렀던지! 참으로 훌륭한 목소리에요!
파라토프	우리 저 사람을 데리고 니즈니 정기 시장에 가서 한 바탕 일을 만들어 볼까.
로빈존	내가 갈 것인지 대해서 물어는 봐야지.
파라토프	왜 그런 말을 하나?
로빈존	내가 정기 시장에 가지 않고도 무례함을 충분히 보았네.
파라토프	오호라, 이 사람이 못하는 소리가 없구먼!
로빈존	오늘날 교양 있는 사람들은 유럽으로 가지, 시장에서 어슬렁거리지는 않지.
파라토프	자네들은 유럽의 어떤 나라, 어떤 도시들에 기쁨을 주려고 하는가?
로빈존	물론, 파리지. 나는 벌써 예전부터 그리로 가려고 했지.
보제바토프	우리는 오늘 저녁에 갈 겁니다.
파라토프	오호라, 그래요! 잘 다녀오세요! 자네는 정말로 파리로 갈 필요가 있지. 거기에 자네가 매우 필요하다는데. 그런데 이 집주인은 어디에 있지?
로빈존	그는 저기에 있지. 그가 우리를 놀라게 할 깜짝 선물을 준비한다고 말했어.

오른쪽에서 오구달로바와 라리사가 등장한다.
왼쪽에서 카란디세프와 이반이 등장한다.

제 11 장

오구달로바, 라리사, 파라토프, 크누로프, 보제바토프,
로빈존, 카란디세프, 이반, 그리고 그 뒤로
일리야와 예프로시니야 포타포브나가 있다.

파라토프   (라리사에게.) 당신은 왜 우리들을 버려두시는 거지요?

라리사   제가 몸이 좀 불편해서요.

파라토프   우리는 방금 당신의 신랑 되실 분과 화해의 술을 마셨어
요. 이제부터는 영원한 친구들이지요.

라리사   당신에게 감사해요. (파라토프의 손을 꼭 잡는다.)

카란디세프   (파라토프에게.) 세르쥬!

파라토프   (라리사에게.) 자, 보세요, 이 얼마나 친밀한 가요! (카란디
세프에게.) 자네 왜 그러나?

카란디세프   누군가가 자네를 찾아 왔는데.

파라토프   그 사람이 누군데?

이반   집시 일리야가 왔습니다.

파라토프   그 사람을 이리로 불러오게.

이반이 퇴장한다.

여러분, 우리들의 모임에 일리야를 들어오라고 해서 죄
송합니다. 이 사람은 저의 가장 친한 친구입니다. 저를
대접 하는 곳에서는 당연히 제 친구들도 대접을 해야만

	하지요. 이게 저의 규칙입니다.
보제바토프	(라리사에게 조용히.) 나는 새로 나온 노래를 알아요.
라리사	좋은 노래인가요?
보제바토프	아주 좋은 노래이지요! "나는 끈을 꼰다네, 아가씨의 신발을 엮으려고"지요.
라리사	그거 재미있군요.
보제바토프	내가 당신에게 가르쳐 드리지요.

일리야 기타를 가지고 등장한다.

파라토프	(라리사에게.) 라리사 드미트리예브나, 우리들이 행복할 수 있도록 당신에게 요청하는 것을 허락해 주세요! 그 어떤 로망스[26]든지, 노래를 불러 주세요! 나는 당신의 노래를 꼬박 1년 넘게 듣지 못했어요, 아마도 앞으로는 더 이상 듣지 못하겠지요.
크누로프	저도 똑같은 요청을 드립니다.
카란디세프	안 됩니다. 여러분, 안 됩니다. 라리사 드미트리예브나는 노래를 부르지 않을 겁니다.
파라토프	그래 자네가 부르지 않을 지를 어떻게 알지? 어쩌면, 불러 줄 텐데.
라리사	죄송해요. 여러분, 제가 오늘은 흥도 나질 않을 뿐만 아

---

26 러시아 사랑의 서정시를 근간으로 전통적인 민요 형식으로 작곡한 발라드풍(風)의 노래. (역자 주)

니라 목도 좋지 않아요.

크누로프   뭐든 지요, 당신 마음에 드는 것으로요!

카란디세프   내가 이미 부르지 않을 거라고 말하면, 그럼 못 하는 거 지요.

파라토프   그래요, 어디 봅시다. 우리가 정중하게 요청하면서, 무릎이라도 꿇지요.

보제바토프   무릎은 제가 지금 꿇겠습니다. 저는 몸이 유연한 사람이 니까요.

카란디세프   아니요, 아니요, 요청하지 마세요, 안 됩니다. 내가 금지할 겁니다.

오구달로바   무슨 말을 하는 거예요! 권리를 가졌을 때, 그때 못하게 금지해야지요. 그렇지만 지금 금지하는 것은 좀 참으세요. 아직은 이르니까요.

카란디세프   아닙니다. 아닙니다! 나는 단호히 금지할 겁니다.

라리사   당신이 금지한다고요? 그렇다면 저는 부르겠어요, 여러분.

카란디세프가 얼굴을 찡그린 표정으로 구석으로 가서 앉는다.

파라토프   일리야!

일리야   뭘 부르실까요, 아가씨?

라리사   "유혹하지 말아요."

일리야   (기타의 음을 조율한다.) 3부로 불러야 하는데! 참, 불행이군! 훌륭한 테너였지요! 자신이 우둔한 탓에 그만, (2부로

부른다.)

공연히 나를, 유혹하지 말아요!
그대의 정다움을 다시 되살려
지난날의 모든 유혹들이 이미
환멸을 느낀 사람에게는 멀어졌어요.

모두가 다양한 방법으로 기쁨을 표현한다.
파라토프 머릿결에 두 손을 묻고 앉아 있다.
제 2음절부터 로빈존이 작은 소리로 따라 부른다.

나는 이제 확언도 믿지 않아요,
나는 이제 사랑도 믿지 않아요,
한 번 속아 넘어간 달콤한 꿈들에
다시는 몸을 맡기고 싶지 않아요.

	(로빈존에게.) 고맙습니다. 나리가 음을 살려 주셨습니다.
크누로프	(라리사에게.) 당신을 보는 즐거움도 매우 크지만, 당신의 노래를 듣는 즐거움은 그보다 더 큽니다.
파라토프	(우울한 표정으로.) 나는 정말 미칠 것만 같아요, (라리사의 손에 입맞춤을 한다.)
보제바토프	노래를 듣고서 죽는다고 해도 좋네요! (카란디세프에게.) 그런데 당신은 이런 즐거움을 우리한테서 빼앗으려고 하다니.

카란디세프　여러분, 저도 역시 당신들 못지않게 라리사 드미트리예브나의 노래에 감탄을 합니다. 이제 라리사 드미트리예브나의 건강을 위해서 샴페인을 마십시다.

보제바토프　현명한 말을 듣게 되니 반갑습니다.

카란디세프　(큰 목소리로.) 샴페인을 가져 오세요!

오구달로바　(조용히.) 좀 조용히 말하세요! 당신은 왜 그렇게 소리를 치세요!

카란디세프　미안합니다, 제가 제 집이다 보니. 제가 해야 할 일을 다 알아서요. (큰 목소리로.) 샴페인을 가져오라고!

　　　예프로시니야 포타포브나가 들어온다.

예프로시니야 포타포브나　무슨 샴페인을 또 가져 오라고 하는 거냐? 끝도 없이 계속 이것저것을 찾는 거냐.

카란디세프　자신의 일이 아니면 참견하지 마세요! 제가 시키는 대로 해 주기나 하세요.

예프로시니야 포타포브나　그럼 네가 가거라! 이제 나는 다리에 힘이 하나도 없구나. 나는 아직까지, 그래, 아침 식사도 못 했다. (퇴장한다.)

　　　카란디세프가 왼쪽 문으로 나간다.

오구달로바　말을 좀 들으세요, 율리 카피토니치!.. (카란디세프를 따라 퇴장한다.)

파라토프   일리야, 이제 떠나도록 하자! 증기선들을 준비시켜 둬!
          우리가 지금 곧 갈 테니까.

          일리야가 중앙의 문으로 퇴장한다.

보제바토프   (크누로프에게.) 이 사람을 라리사 드미트리예브나와 단
          둘이 남게 해주지요. (로빈존에게.) 로빈존, 저거 보게나.
          이반이 코냑을 치우고 있네.
로빈존   내가 저 녀석을 죽일 거야. 내게는 목숨을 버리는 것쯤이
          야 식은 죽 먹기지.

          크누로프, 보제바토프, 로빈존이 퇴장한다.

제 12 장

라리사와 파라토프가 서 있다.

파라토프   매혹적인 이여! (라리사를 격정적으로 바라본다.) 당신이
          노래를 부를 때, 내가 스스로를 얼마나 저주했는지!
라리사   무엇 때문에요?
파라토프   알다시피 나는 나무가 아니잖아요. 당신 같은 보물을 잃
          는 다는 게, 그렇게 쉬운 일이겠어요?

라리사	그게 누구의 잘못이지요?
파라토프	물론 나지요, 당신이 생각하는 것보다도, 내 잘못이 훨씬 더 크지요. 당연히 내 자신을 경멸해야만 하지요.
라리사	무엇을 위해서 그리 말하는 거지요!
파라토프	왜 내가 당신을 떠났을 까요! 내가 당신을 무엇과 바꾼 것일까요?
라리사	당신은 왜 그렇게 하셨지요?
파라토프	참, 왜 그랬겠어요! 물론, 소심한 탓이지요. 제 재산을 지켜야 할 필요가 있었지요. 그게 다 뭐라고, 재산 따위가! 나는 재산보다도 더 큰 것을 잃었어요, 나는 당신을 잃었어요. 내 자신도 고통스럽지만 당신까지도 고통스럽게 했지요.
라리사	그래요, 진실을 말씀드려야겠어요, 당신은 내 일생에 오랫동안 치유할 수 없는 상처를 주었어요.
파라토프	나를 꾸짖는 것은 잠시 멈추세요, 잠시만 기다려 주세요! 나는 아직까지는 완전히 속물이 된 것은 아니에요. 완전히 야비해지지도 않았어요. 내게는 타고난 장사치 근성도 없어요. 아직도 내 마음 속에는 고상한 감정이 꿈틀거리고 있어요. 그런 순간을 조금만 더, 그래요. 그런 순간을 조금만 더...
라리사	(조용히.) 말하세요!
파라토프	나는 모든 세속적인 계산을 하지 않을 거예요, 그러니까 어떠한 힘도 내게서 당신을 빼앗아 가지는 못할 겁니다. 내 생명과 함께 빼앗아 간다면 모르겠지만.

라리사	그럼 당신은 어떻게 하겠다는 거예요?
파라토프	당신을 보고, 당신의 노래를 듣고... 나는 내일 떠날 겁니다.
라리사	(머리를 숙이며.) 내일요.
파라토프	당신의 황홀한 목소리를 들으면서, 세상의 모든 것을 잊어버리고, 한 가지의 즐거움만을 꿈꾸고 싶어요.
라리사	(조용히.) 어떤 즐거움을요?
파라토프	당신의 노예가 되어, 당신의 발밑에 있는 즐거움에 대해서요.
라리사	그렇지만 어떻게요?
파라토프	잘 들어보세요. 우리들은 모두 한 패거리가 되어 증기선을 타고 볼가 강을 따라 뱃놀이를 갈 거예요 – 함께 갑시다!
라리사	아이쿠, 그럼 여기는요? 저는 정말 모르겠어요... 여기는 어떻게 하고요?
파라토프	'여기'라는 게 다 뭐지요? 여기로는 이제 곧 카란디세프의 아주머니와 색깔 요란한 비단 옷을 입은 귀부인들이 오겠지요. 아마도 소금에 절인 버섯에 대한 이야기들이나 하겠지요.
라리사	언제 가시지요?
파라토프	지금이요.
라리사	지금이라고요?
파라토프	지금 가던가, 영원히 그만 두던가.
라리사	그럼 가요.

파라토프	어떻게, 당신은 볼가 강 너머로 갈 결심을 한 거지요?
라리사	당신이 가자는 곳이 어디든 가겠어요.
파라토프	우리 함께요, 지금이요?
라리사	언제든지 당신이 가자고 할 때요.
파라토프	고백하지만, 나는 이보다도 더 고상하고 고결한 것을 어떤 것도 상상할 수가 없어요. 오, 매혹적인 이여! 나의 명령자여!
라리사	당신이야말로 제 명령자이지요,

오구달로바, 크누로프, 보제바토프, 로빈존, 카란디세프와
샴페인 잔들이 놓인 쟁반을 든 이반이 등장한다.

제 13 장

오구달로바, 라리사, 파라토프, 크누로프, 보제바토프,
로빈존, 카란디세프와 이반이 있다.

파라토프	(크누로프와 보제바토프에게.) 그녀도 가겠답니다.
카란디세프	여러분, 라리사 드미트리예브나를 위해서 건배를 들 것을 제안합니다. (모두가 잔을 든다.) 여러분, 당신들은 방금 라리사 드미트리예브나의 재능에 감탄하셨습니다. 당신들의 찬사는 그녀에게는 새로운 것이 아닙니다. 그

녀는 어렸을 때부터 기회가 주어질 때마다 공개적으로 그녀를 찬양하는 숭배자들에게 둘러 싸여 있었지요. 그렇습니다. 그녀에게는 실제로 많은 재능이 있습니다. 그렇지만 제가 그녀를 찬양하고 싶은 것은, 그녀의 많은 재능 때문이 아닙니다. 중요한 것은 라리사 드미트리예브나의 가치를 따질 수 없는 장점입니다. 그것은, 여러분, 그것은, 여러분...

보제바토프   이제 뒤죽박죽이 되겠군요.

파라토프   아니요, 외워서 하는 거니까, 막히지 않고 풀려 나오겠지요.

카란디세프   그것은, 여러분, 그녀가 사람을 평가하고 선택할 줄 안다는 것입니다. 그렇습니다. 라리사 드미트리예브나는 번쩍거린다고 해서 모든 게 다 금이 아니란 것을 알고 있습니다. 그녀는 번쩍거리는 겉치레와 진짜 금을 가려내는 능력이 있습니다. 수많은 훌륭한 젊은이들이 그녀를 에워쌌지만, 그녀는 겉으로만 번쩍거리는 것에는 끌리지 않았습니다. 그녀는 자신을 위해서 번쩍거리지는 않으나 존중할 만한 사람을 찾았습니다...

파라토프   (찬성을 표하면서.) 브라보, 브라보!

카란디세프   그리고서 선택을 했습니다...

파라토프   바로 당신을요! 브라보! 브라보!

보제바토프와 로빈존   브라보, 브라보!

카란디세프   그렇습니다, 여러분, 제가 감히 이렇게 하는 것은, 자랑할 권리를 가지고 있기 때문에 자랑을 합니다. 그녀는 나를 이해하고 평가하고, 누구보다도 저를 좋아했습니다. 용서해 주세요, 여러분, 아마도, 모두가 이런 말을 듣는 것이 유쾌하지는 않을 겁니다. 그렇지만 저는 제 자신에게 주어진 이런 지나친 사랑에 대해서 라리사 드미트리예브나에게 공개적으로 감사를 표하는 것이 저의 의무라고 생각했습니다. 여러분, 저 자신도 마시면서, 제 신부가 될 그녀의 건강을 위해서 건배할 것을 제안합니다.

파라토프, 보제바토프, 로빈존 만세!

파라토프 (카란디세프에게.) 술이 더 있나?

카란디세프 물론, 있지. 왜 없겠어? 자네는 무슨 말을 하는 거야? 내가 지금 가서 가져오지.

파라토프 또 축배를 들어야만 해서.

카란디세프 무슨 축배를?

파라토프 용감한 사람들 중에서 가장 행복한 율리 카피토니치 카란디세프의 건강을 위해서지.

카란디세프 아하, 그렇지. 그렇다면 자네가 제안을 할 건가? 자네가 제안을 해 주게, 세르쥬! 내가 가서 일을 좀 본 다음에, 곧 가지고 올 테니까. (**퇴장한다.**)

크누로프 자, 좋은 시간들 보내다 오세요. 안녕히 계세요. 나는 가서 간단히 요기를 하고, 곧 집합 장소로 가겠습니다. (**부인들에게 인사한다.**)

보제바토프 (중앙에 있는 문을 가리키며.) 저리로 나가세요, 모키 파르묘니치. 저 문이 현관으로 곧바로 통하니까요. 아무도 당신을 보지 못할 겁니다...

크누로프가 퇴장한다.

파라토프   (보제바토프에게.) 우리도 이제 곧 갑시다. (라리사에게.)
　　　　　　준비하세요!

라리사가 오른쪽 문으로 퇴장한다.

보제바토프   축배를 기다리지 않고서요?
파라토프   그대로 가는 게 더 낫지요.
보제바토프   왜요?
파라토프   더 우스꽝스러울 거 같아요!

라리사가 챙이 넓은 모자를 손에 들고 등장한다.

보제바토프   더 우스꽝스러울 거요. 로빈존! 우리도 가세.
로빈존   어디로?
보제바토프   집으로. 파리로 갈 준비를 해야지,

로빈존과 보제바토프가 인사를 하고 퇴장한다.

파라토프   (라리사에게 조용히.) 갑시다! (퇴장한다.)
라리사   (오구달로바에게.) 안녕히 계세요, 엄마!
오구달로바   너 뭐라고 하는 거냐! 너는 어디 가는데?
라리사   엄마, 엄마가 기뻐하셔야 할지, 아니면 볼가에서 저를

	찾아야 할 지 모르겠어요.
오구달로바	원, 별일도! 너 그게 무슨 소리냐!
라리사	아무래도 제 운명을 피할 수는 없어요! (퇴장한다.)
오구달로바	결국에, 이런 뻔한 결과를 가져 왔구나, 모두들 뺑소니를 치는구나! 아휴, 참 라리사야!.. 내가 저 애를 따라가야 하나, 말아야 하나? 아니야, 뭐하게!.. 혹시 거기서 무슨 일이 생긴다고 해도, 어쨌든 그 애 주위에는 사람들이 있으니까... 뭐 여기 것을 버리고 간다고 해도, 그다지 큰 손해는 아니니까.

카란디세프와 샴페인 병을 든 이반이 들어온다.

제 14 장

오구달로바, 카란디세프, 이반,
그 뒤로 예프로시니야 포타포브나가 있다.

카란디세프	나는, 여러분... (방안을 둘러본다.) 이 사람들이 어디 있어요? 다 갔나요? 이게 예절이란 건가, 더 말할 필요도 없지! 흠, 잘 됐네! 그런데 이 사람들이 어느 틈에 다 가버렸지? 당신도 역시 가실 거지요? 안 됩니다, 당신과 라리사 드미트리예브나는 잠깐 기다리세요! 화나셨어

요? 저도 알 것 같아요! 차라리 잘 됐지요. 우리 가까운 가족끼리만 오붓하게 남았어요... 그런데 라리사 드미트리예브나는 어디에 있어요? (오른쪽 문 앞에서.) 큰어머니, 거기에 라리사 드미트리예브나가 있어요?

예프로시니야 포타포브나   (들어오면서.) 내 방에는 너의 라리사 드미트리예브나는 고사하고 그 누구도 없다.

카란디세프   그럼, 이게 무슨 일이야, 정말! 이반, 라리사 드미트리예브나와 손님들이 모두 다 어디로 사라진 거지?

이반   라리사 드미트리예브나는 틀림없이 나리들과 함께 떠나셨을 겁니다... 나리들이 피크닉를 가신다면서 볼가 강 너머로 떠날 차비를 하고 계셨으니까요.

카란디세프   어떻게 볼가 강 너머로?

이반   증기선을 타고서요. 그릇이랑 술이랑은 저희들이 보냈어요. 벌써 아까 전에 준비해서 보냈어요. 물론 분부하신 대로 시중꾼들까지 갖추어서 보냈지요.

카란디세프   (털썩 주저앉으며 머리를 웅크려 쥔다.) 아휴, 이게 뭐야, 이게 뭐람!

이반   집시들과 악대들도 그들과 함께 갔어요. 분부하신 대로요.

카란디세프   (격분해서.) 하리타 이그나티예브나, 당신 딸은 어디 있습니까? 당신 딸이 어디 있는지, 제게 대답해 주세요.

오구달로바   나는 당신한테 딸을 데리고 왔어요, 율리 카피토니치. 당신이 내게 말해 주시오, 내 딸이 어디 있는지!

카란디세프   이것을 모두 미리부터 벌써 짜 놓았군요. 당신들은 모두 미리부터 약속을 했었군요... (눈물을 글썽이며.) 가혹합니다. 몰인정하게 가혹합니다!

오구달로바 너무 일찍 축배를 들었어요!

카란디세프 그래요, 그것은 우스꽝스러웠어요... 제가 우스꽝스러운 인간이지요... 제가 우스꽝스러운 인간이라는 사실은 저도 알고 있어요. 그럼, 사람이 우스꽝스럽다고 해서, 사람을 죽이는 법이라도 있나요? 제가 우스꽝스럽거들랑 저를 비웃을 것이지, 면전에 두고 비웃을 것이지! 제 집에 와서 오찬도 들고, 내 술도 마시고, 저를 꾸짖고 비웃어도 되는 건가요. 저는 비난 받아 마땅합니다. 그렇다고 해서 우스꽝스러운 사람의 가슴을 가르고, 심장을 뜯어내서, 발밑에 내던지고 그걸 짓밟다니! 아이쿠, 아이쿠! 제가 어떻게 살 까요! 제가 어떻게 살아요!

예프로시니야 포타포브나 됐어, 그만 해! 그런 일로 서러워 할 거 없어!

카란디세프 아시다시피 그것도 날강도들이라면 또 모르겠지만, 존경할 만한 사람들이지요... 그들 모두가 하리타 이그나티예브나의 친구들이잖아요,

오구달로바 나는 아무 것도 모르네.

카란디세프 아니요, 당신들은 한 패거리들이에요, 당신들 모두 단합했어요. 그렇지만 하리타 이그나티예브나, 가장 선량한 인간도 광분해서 미치게 될 수 있다는 것을 알아 두세요. 범죄자라고 해서 모조리 악당은 아니지요. 순진한 사람도 무슨 다른 방안이 없을 때는 죄를 짓게 마련이에요.

만약 제가 이 세상에서 수치와 절망으로 목을 매달든지 복수를 하든지 하는 길 밖에 안 남았다면, 저는 결단코 복수를 하고야 말거에요. 지금 저에게는 공포도 법도 연민도 없어요. 오직 참을 수 없는 원한과 복수심에 저의 숨이 막힐 지경이에요. 저는 제가 죽기까지는 그들 한 놈, 한 놈에게 복수를 하겠어요. (책상에서 **권총을 집어 들고 달려 나간다.**)

오구달로바   저 사람이 무엇을 들고 나간 건가?

이반   권총입니다.

오구달로바   저 사람을 뒤쫓아 가서, 사람들이 멈춰 세우도록 소리를 치게.

제 **4** 막

등장인물

파라토프.

크누로프.

보제바토프.

로빈존.

라리사.

카란디세프.

일리야.

가브릴로.

이반.

남녀 집시들.

제 1막의 무대 장치이고, 밝은 여름날 밤이다.

제 1 장

당구 큐대를 손에 든 로빈존과 이반이 다방에서 나온다.

이반   당구 큐대를 이리 주세요!

로빈존   안 주겠네, 자네 나하고 더 치세! 자네는 왜 안치는 건가?

이반   나리가 돈도 지불하지 않는데, 나리와 치면 뭐 합니까?

로빈존   나중에 갚을 거야. 바실리 다닐리치에게 내 돈을 맡겨
          두었는데, 그가 돈을 가지고 가 버렸어. 자네는 나를 그
          렇게 못 믿나?

이반   그런데 나리는 왜 그 분들과 함께 피크닉에 가지 않으셨
          어요?

로빈존   내가 잠이 들었는데, 그가 내 잠을 방해하지 않으려고
          깨우지 않고서, 혼자 그냥 가버렸다네. 자, 치세!

이반   안 됩니다. 내기가 공정하지 않습니다. 저는 돈을 내는
          데, 나리는 내지 않잖아요. 이기면 돈을 가져가고, 지면
          돈을 주지 않잖아요. 돈을 내세요.

로빈존   그래, 내가 그렇게도 신용이 없단 말인가? 이거 참 이상
          하네! 나는 이런 도시는 처음 보네. 내가 어디를 가든지,
          러시아 어디에서는 대부분이 신용으로 사는데.

이반   저도 그것은 믿습니다. 무엇이든 필요한 것을 청하시면,
          우리가 다 드리겠습니다. 세르게이 세르게이치나 바실
          리 다닐리치를 알고 있는데, 그 분들이 어떤 분들인데요,
          저희들은 당신에게 외상을 드릴 의무가 있지요. 그렇지

만 내기는 돈이 요구되지요.

로빈존 아, 그렇다면 자네는 진작 그렇게 말을 할 것이지. 당구 큐대를 받게, 그리고 내게 술 한 병을 주게... 어떤 것을 마실까?

이반 포트와인이 있습니다, 꽤 좋은 거지요.

로빈존 알다시피 나는 값싼 술은 마시질 않네.

이반 비싼 걸 가져다 드리지요.

로빈존 그럼 안주도 준비시키게... 그거, 알잖은가... 그걸 뭐라고 하더라...

이반 물새를 볶을 수 있습니다. 어떻게 분부하겠습니까?

로빈존 좋아, 바로 그 물새를 주게.

이반 알겠습니다. (퇴장한다.)

로빈존 그들이 나를 놀려 주기를 원했다는 거지. 흥, 아주 좋았어. 나도 그들을 놀려 주면 되지. 나는 화풀이로 한 20루블 정도 먹어 줄 거야, 계산이야 그들더러 하라고 해야지. 그들은 내가 자기네들 모임에 몹시 끼고 싶어 하는 줄 아는 모양이지, 그건 그들의 오해지. 내게 외상만 준다면, 그렇다면 나는 혼자서도 지루해하지 않지. 나는 혼자서도 아주 즐겁게 잘 놀 수 있으니까. 이 만족을 배가시키려면, 돈도 좀 빌렸으면 더 좋겠는데...

이반이 병을 들고 들어온다.

이반 (병을 내려놓으며.) 물새를 볶으라고 했습니다.

로빈존	나는 여기서 극장을 빌리겠네.
이반	그거 좋은 일이지요.
로빈존	극장의 뷔페를 누구한테 맡기면 좋을까. 자네 주인은 맡지 않으려나?
이반	왜 맡지 않겠습니까!
로빈존	나한테서 뷔페를 경영하려면, 아주 양심적으로 운영해야 하네. 그리고 믿음을 주기 위해서 지금 당장에 예약금이 좀 필요하지!
이반	아니요. 우리 주인은 이미 그런 맛을 보았기 때문에 예약금은 주지 않습니다. 벌써 그런 일로 두 사람한테나 속았는걸요.
로빈존	벌써 두 사람한테? 그래, 만일 두 사람한테...
이반	그러니까 세 번째는 믿지 않지요.
로빈존	참, 대단한 사람들이야! 놀랍단 말이야. 어디서나 할 수 있는 곳이라면 다 해쳐먹고들 있으니. 손을 댈만한 곳은 벌써 다 댔고, 손을 안 댄 곳이 없다니까. 그럼, 소용없네, 나는 자네 주인이 필요치 않네. 자네, 그 사람한테는 아무 말도 하지 말게, 말을 꺼내면, 그는 내가 자기를 속이려 한다고 생각을 할 테니까, 나도 자존심이 있는 사람이네.
이반	그렇지요, 그야, 물론... 그런데 방금 전에 손님들이 모두 한꺼번에 가버렸다고, 카란디세프씨가 얼마나 화를 냈었는데요! 성이 불같이 나서, 누군가를 죽일 것처럼, 권총을 들고 집에서 나갔지요.

로빈존	권총을 들고? 그건 좋지 않은 건데.
이반	고주망태처럼 취했거든요. 제 생각에 그 분은 서서히 정신을 좀 차리겠지요. 가로수 길을 따라 그분이 두 번이나 돌아다녔어요... 저기 그분이 지금 이리로 오시네요.
로빈존	(겁에 질려서.) 자네는 그가 권총을 가지고 있다고 말했지? 그 사람이 누군가를 죽이기를 원한다고 했지, 혹시 나를 죽인다고는 하지 않던가?
이반	그거야 제가 나리에게 말할 수는 없지요. (퇴장한다.)

카란디세프가 등장한다. 로빈존은 병 뒤에 숨으려고 애쓴다.

제 2 장

로빈존, 카란디세프, 그 뒤로 이반이 있다.

카란디세프	(로빈존에게 다가오며.) 당신 친구들은 어디에 있습니까, 로빈존씨?
로빈존	어떤 친구들이요? 제게는 친구가 없습니다.
카란디세프	내 집에서 당신과 함께 점심 식사를 했던 그 사람들 말입니다.
로빈존	그 사람들이 무슨 친구들이에요! 그거야 그저... 이리저리 잠깐 아는 사이지요.

카란디세프	그래 그 사람들이 지금 어디에 있는지 모릅니까?
로빈존	나는 그 사람들과 애써 멀리하고 있어서 알 수가 없지요. 나는 착한 사람이지요. 아시겠어요, 가정이 있는... 사람 이고요.
카란디세프	당신이 가정이 있는 분이라고요?
로빈존	나는 매우 가정적이요... 내게는 평온한 가정생활이 최우선이지요. 그러기에 그 무슨 불만이나 말다툼만 나와도 – 하느님 맙소사 하지요. 나는 현명하고 예의바른 이야기, 예를 들면, 예술에 관한 것에 대해서만 대화하는 것을 좋아하지요... 그러니까, 당신처럼 고상한 분과는 술도 좀 마실 수 있지요. 술을 따라 드릴까요?
카란디세프	나는 싫습니다.
로빈존	마음대로 하시지요. 중요한 것은 불쾌한 일이 없도록 하는 거지요.
카란디세프	그들이 어디 있는지, 당신은 분명 알 터인데.
로빈존	어디선가 널브러지게 술을 마시며 즐기고 있겠지요. 그들에게 그것 외에 무슨 일이 더 있겠어요!
카란디세프	그들이 볼가 강 너머로 갔다는 말이 있던데요?
로빈존	그럴지도 모르지요.
카란디세프	당신을 부르지는 않았나요?
로빈존	아니요. 나는 가정이 있는 사람이니까요.
카란디세프	그 사람들은 언제 돌아오나요.
로빈존	그거야 그 사람들도 모르겠지요. 내 생각에 아침에나 돌아 올 것 같은데요.

카란디세프	아침에요?
로빈존	글쎄요, 더 일찍 돌아올 지도 모르고요.
카란디세프	어찌되었든 기다려야겠소. 그 사람들 중 한 명하고는 대화를 좀 할 필요가 있으니까요.
로빈존	만약 기다리려거든, 선창가에서 기다리세요. 그들이 이리로 왜 오겠어요! 그들은 선창가에서 곧장 집으로 가겠지요. 그들에게 뭐가 더 필요하겠어요? 아마도 실컷 먹고 마셨을 텐데.
카란디세프	그럼 어느 선창가인가요? 여기는 선창가가 많으니까요.
로빈존	어디든 원하는 곳에서요, 다만 여기는 아니에요. 여기서 그들을 기다려도 소용없어요.
카란디세프	그럼, 좋습니다. 선창가로 가 보지요. 또 봅시다! (로빈존에게 손을 내민다.) 나를 좀 바래다주지 않을래요?
로빈존	아니요, 제발, 나는 가정이 있는 사람이요.

카란디세프가 퇴장한다.

이반, 이반!

이반이 들어온다.

	방안에 상을 차리고, 포도주를 그 곳으로 가져 오게!
이반	나리, 방안은 무덥습니다. 왜 감금을 당하시려 하세요!
로빈존	아니, 저녁 공기가 내게는 해롭다네. 의사가 금지했다니

까. 그리고 만일 저 사람이 나를 찾으면, 없다고 말하게.
(카페 안으로 퇴장한다.)

카페에서 가브릴로가 들어온다.

제 3 장

가브릴로와 이반이 있다.

가브릴로 자네는 볼가 강을 보고 있었나? 우리 사람들을 보지 못
       했는가?
이반   아마도 지금 도착한 거 같아요.
가브릴로 무엇을 보고 아는가?
이반   산기슭이 왁자지껄하니까요, 에티오피아 흑인 같은 집
       시들이 떠들어 대는 소리가 말입니다. (식탁에서 병을 거
       두어 들고 카페 안으로 퇴장한다.)

일리야와 집시 합창단들이 들어온다.

제 4 장

가브릴로, 일리야, 집시 남녀들이 있다.

가브릴로   잘 놀고 왔는가?
일리야   정말, 좋았어요! 얼마나 좋았든지, 말로 설명을 못하겠
            어요!
가브릴로   나리들도 즐거워 하셨나?
일리야   흐뭇하게들 실컷 즐기셨어요. 하느님 덕분에 마음껏 아
            주 잘 즐기셨지요! 여기로들 오시네요. 보세요, 아마도
            밤새도록 노실 것 같아요.
가브릴로   (손을 비비면서.) 그럼, 다들 들어가 앉으시게! 여자들에
            게는 차를 드리라고 할 테니까. 나리들은 뷔페에서 한
            잔씩들 하시겠지!
일리야   노파들에게는 차에다 럼주를 좀 타 주세요, 좋아들 하시
            니까.

일리야, 집시 남녀들, 가브릴로가 카페로 퇴장한다.
크누로프와 보제바토프가 들어온다.

제 5 장

크누로프와 보제바토프가 있다.

크누로프　　　아마도, 드라마가 시작될 것 같아요.

보제바토프　　그럴 것 같네요.

크누로프　　　나는 벌써 라리사 드미트리예브나의 눈에 눈물이 어리는 걸 봤어요.

보제바토프　　아시다시피 여자들의 눈물은 값싼 것이지요.

크누로프　　　어찌되었든 그 여자의 처지가 딱하게 되었어요.

보제바토프　　이렇든 저렇든 별일 없겠지요.

크누로프　　　아무래도 그렇지는 못 할 것 같아요.

보제바토프　　카란디세프는 얼마동안 화가 나서, 그가 필요한 만큼 고집을 피우다가, 그만 두겠지요.

크누로프　　　그렇지만 여자 쪽에서는 다르겠지요. 결혼을 목전에 두고 신랑감을 버리자면, 그만한 이유가 있어야 하니까요. 당신도 생각해 보세요. 하루 밖에 머물지 않을 세르게이 세르게이치를 위해서, 그 여자는 일생을 함께 살아야 할 신랑감을 버리는 거잖아요. 다시 말해서 그 여자는 세르게이 세르게이치에게 희망을 걸고 있어요. 그렇지 않고서야 그 여자가 왜 그 사람을 받아들이겠어요!,

보제바토프　　그럼 당신은 거기에 속임수가 없을 거라고 생각 하신단 말씀이지요. 그가 또다시 그녀를 달콤한 말로 꼬드겼다는 거지요?

크누로프	분명히 그렇지요, 그러니까, 아무튼, 특별하고 진지한 약속이 있었겠지요. 그렇지 않고서야 어떻게 그 여자가 이미 자기를 한 번 속였던 남자를 믿을 수 있겠어요!
보제바토프	충분히 그럴 수 있지요. 세르게이 세르게이치가 대범한 사람이다 보니, 그에 대해서 깊이 생각하지 않잖아요.
크누로프	아무리 대범하다고 해도 백만금의 신부감을 라리사 드미트리예브나와는 바꾸지 않을 겁니다.
보제바토프	그야 물론이지요! 계산이 안 맞지요!
크누로프	그러니까, 생각해 보세요. 그 여자가 얼마나 불쌍한지!
보제바토프	할 수 없지요! 우리에게는 죄가 없어요. 우리들이 관여할 바가 아니지요.

카페 현관에서 로빈존이 서성거리는 모습이 보인다.

제 6 장

크누로프, 보제바토프와 로빈존이 있다.

보제바토프	오, 밀로드인가, 꿈에 뭐라도 보았나?
로빈존	돈 많은 머저리들을 보았네. 생시에 본 것과 꼭 같더군.
보제바토프	그래, 가난한 재간둥이, 자네는 여기서 어떻게 시간을 보냈는가?

로빈존	아주 멋지게 보내고 있지. 나는 아주 만족스럽게 보내고 있지. 게다가 자네 이름으로 외상을 달아 놓고 지내고 있다네. 그거보다 더 좋은 게 있겠나!
보제바토프	자네가 부럽군. 그래 그런 유쾌한 생활을 오랫동안 누릴 작정인가?
로빈존	내가 보아하니, 자네는 참 이상한 사람이구먼, 자네가 생각해 보게, 내가 무엇 때문에 이런 상팔자를 마다하겠나!
보제바토프	그런데 나는 생각이 잘 나지 않는데, 내가 마치 자네에게 외상 거래라도 맡긴 것 같네?
로빈존	그래 자네가 나하고 파리로 가자고 약속을 한 이상, 그것은 당연한 일 아닌가?
보제바토프	아니지, 그것은 당연한 일이 아니지! 나는 약속한 것은 꼭 실행하거든. 내게는 약속이 법이니까, 한 번 말을 한 것은 신성하니까. 자네가 한 번 물어 보게나, 내가 어느 누구를 속인 일이 있었냐고?
로빈존	그런데 자네가 파리로 떠날 때까지, 내가 공기만 먹고 살 수는 없지 않은가?
보제바토프	그것에 대해서는 약속이 없었네. 파리야 지금이라도 가면 되지.
로빈존	지금은 늦었네. 바샤, 내일 가세.
보제바토프	그럼, 내일이라면, 내일로 하세. 그런데 내 말을 잘 듣게나, 자네 혼자서 가는 게 좋겠네. 내가 왕복 마차 요금은 자네에게 줄 테니까.

로빈존	왜 혼자서 가라고 하나? 나는 길을 못 찾겠네.
보제바토프	어련히 데려다 주겠지.
로빈존	여보게, 바샤, 나는 프랑스어가 아주 유창하지는 않다네... 배우고 싶었지만, 시간이 없었어.
보제바토프	그런데 자네에게 프랑스어가 왜 필요하지?
로빈존	왜라니, 파리에서는 프랑스어로 말하지 않나?
보제바토프	전혀 필요치 않네, 거기서는 프랑스어를 쓰는 사람이 아무도 없다네.
로빈존	프랑스 수도인데, 거기서 프랑스어로 말하지 않는다고! 자네는 나를 뭐 바보로 아는 건가?
보제바토프	아니 무슨 수도 말인가! 자네 제 정신인가? 자네는 어떤 파리를 생각하고 있나? 우리 광장에는 〈파리〉라는 술집이 있는데, 나는 자네와 함께 거기를 가려고 했다네.
로빈존	브라보, 브라보!
보제바토프	그럼 자네는 진짜 파리에 간다고 생각했나? 자네는 조금만 더 생각을 해 보았어야 하는데, 그렇게 하고서도 자신이 영리한 사람이라고 생각하다니! 글쎄, 무엇 때문에 내가 자네를 거기에 데리고 가겠나, 무슨 이유로? 짐승 우리를 만들어서 그 속에다 자네를 집어넣고서 구경이나 시키려고?
로빈존	자네는 좋은 학교 출신이지, 바샤, 좋은 학교 출신이야. 자네는 아주 훌륭한 무역상이 되겠네.
보제바토프	그다지 나쁜 상인은 아니지, 한 편에서 나를 칭찬하는 소리들을 듣고 있네.

크누로프   바실리 다닐리치, 그를 내버려 두시오! 내가 당신에게 뭔가 좀 할 말이 있어요.

보제바토프   (다가서며.) 하고 싶은 말씀이 뭐지요?

크누로프   나는 라리사 드미트리예브나에 대해서 내내 생각을 해 봤지요. 내 생각에 그녀가 지금 저런 상황에 처해 있는 것을 보니, 우리들, 가까운 사람들이 그 여자의 운명을 동정하는 것뿐만 아니라, 반드시 참여를 해서 해결해야 할 의무가 있는 것 같아요.

로빈존이 귀를 기울이며 듣는다.

보제바토프   그러니까 지금이 당신이 그 여자를 데리고 파리로 갈 좋은 기회라는 것을 말하고 싶은 거지요?

크누로프   그래요, 그렇게 생각한다면 그렇다고 해 두지요. 그런 거나 마찬가지니까요.

보제바토프   그럼 뭐가 문제입니까? 누가 방해를 합니까?

크누로프   당신이 나를 방해하고, 내가 당신을 방해하지요. 아마도 당신은 경쟁을 두려워하지 않겠지요? 나 역시 그다지 두렵지는 않아요. 그렇지만 어쨌든 거북하고 불안하네요. 활동 무대가 깨끗하면, 훨씬 더 좋을 텐데.

보제바토프   저는 양보는 받지 않을 겁니다, 모키 파르묘니치.

크누로프   양보가 뭐지요? 다른 방법도 있지요.

보제바토프   그렇지요, 이게 가장 좋은 방법일 겁니다. (호주머니에서 동전을 꺼내 손 밑에 놓는다.) 독수리가 있는 앞면입니까,

쇠창살이 있는 뒷면입니까?

크누로프   (생각에 잠겼다가.) 만일 내가 앞면이라고 하면, 내가 지는
          거요, 앞면은, 물론, 당신이요. (결정적으로) 뒷면이요.

보제바토프 (손을 들면서.) 당신이 이겼습니다. 저는 파리에 혼자 가
          야겠네요. 뭐 저는 손해나는 게 없지요. 비용이 절약될
          테니까요.

크누로프   그런데 다만, 바실리 다닐리치, 약속은 쉽게 하지 마시
          오, 그러나 한 번 말한 약속은 반드시 지키세요! 당신은
          상인이니만큼, 그 약속이란 게 어떤 것인지는 잘 알겠
          지요.

보제바토프 당신은 저를 모욕하고 있어요. 저 자신도 상인의 약속이
          뭔지는 잘 압니다. 아시다시피 이게 로빈존과의 약속이
          아니라, 당신과 관련된 일인데 어떻게 그래요.

크누로프   저기 세르게이 세르게이치하고 라리사 드미트리예브나
          가 오고 있네요! 저 분들에게 방해가 되지 않게, 카페
          안으로 들어갈까요.

          크누로프와 보제바토프가 카페 안으로 퇴장한다.
          파라토프와 라리사가 들어온다.

제 7 장

파라토프, 라리사와 로빈존이 있다.

라리사   아휴, 정말 피곤하네요. 제가 온 힘을 다 해서 억지로 산에 올라갔어요. (무대 안쪽의 철책 옆에 있는 의자에 앉는다.)

파라토프   그런데, 로빈존! 아니 자네가 왜 여기에 있나, 파리로 곧 떠나지 않나?

로빈존   누구하고 말인가요? 당신과 함께라면, 라–세르쥬, 어디든지 가겠지만, 장사치하고는 안 갈 거예요. 아니 장사치들과는 끝장이 났어요.

파라토프   왜 그러나?

로빈존   나쁜 놈들이에요!

파라토프   정말 그렇던가? 그걸 알게 된 게 오래되었나?

로빈존   항상 알고 있었지요. 저는 언제나 귀족의 편이거든요.

파라토프   그게 자네의 위신을 높이는 걸 거야, 로빈존. 그렇지만 자네의 자부심은 시대에 맞지를 않네. 이 가엾은 친구야, 상황에 적응을 하게! 계몽적인 보호자의 시대, 문학과 예술의 후원자 시대는 지나갔다네. 지금은 부르주아 전성시대라 예술도 황금으로 평가가 되지, 완전한 의미에서 황금만능 시대가 시작된 거지. 하지만, 이제는 이해해 주게나, 때때로 자네는 검은 구두약을 실컷 먹어야 할 때도 있고, 또는 자신들의 쾌락을 위해서 술통에 들어

앉혀진 채, 산에서 마차를 타고 내려올 수도 있으니까. 아무튼 그런 것은 메디치(Медичи)[27] 같은 사람을 만났을 때의 경우일 뿐이지. 멀리는 가지 말게. 자네가 내게 필요하게 될 테니까!

로빈존   자네를 위해서라면 물불을 가리지 않겠네. (카페로 들어간다.)

파라토프   (라리사에게.) 당신이 우리에게 즐거움을 주신데 대해서, 아니 그 걸로는 모자라고, 행복을 베풀어 주신데 대해서 이제 감사할 수 있게 허락해 주세요.

라리사   아니요, 아니요, 세르게이 세르게이치, 제발 저에게 실없는 말씀은 그만하세요! 제가 당신의 아내인지 아닌지, 그것만 저에게 말씀해 주세요.

파라토프   우선, 라리사 드미트리예브나, 당신은 집으로 가야 해요. 상세한 이야기는 우리가 내일 또 할 수 있으니까요.

라리사   저는 집으로 가지 않겠어요.

파라토프   그렇지만 당신만 여기에 남겨 둘 수는 없지요. 우리들과 함께 낮에 볼가 강에서 뱃놀이를 한 것까지는 허용할 수 있지만, 밤새도록 술집에서, 그것도 시내 한복판에서 좋지 않은 품행으로 소문난 사람들과 술을 마시며 논다는 것은 추태이지요! 당신이 그 추문에 어떤 양념거리를 제공하게 될지 아시잖아요.

---

27 이탈리아의 피렌체의 통치자 중 한 명으로 르네상스 시대 가장 유명한 예술가 및 건축가의 후원자.

라리사	추문거리라고 한들 저에게 무슨 상관이 있겠어요! 저는 당신하고 어디든지 갈 수 있어요. 당신이 저를 꾀어냈으니까, 마땅히 당신이 저를 집으로 데려다 주셔야지요.
파라토프	당신은 제 마차를 타고 가실 거니까, 마찬가지 아닌가요?
라리사	아니에요, 마찬가지가 아니지요. 당신이 제 신랑이 될 사람한테서 저를 꾀어내 데리고 나오는 것을 어머니가 보았으니까, 우리가 아무리 늦게 돌아간다고 해도, 걱정하지는 않으실 거예요... 어머니는 안심하고 계실 거예요, 어머니는 당신을 믿으니까요. 어머니는 그저 우리를 기다리실 거예요. 기다리고 계실 거예요. 축복하기 위해서요. 저는 당신과 함께 가야만 하거나, 그렇지 않으면 결코 집에 가서는 안 되지요.
파라토프	무슨 말씀이에요? '결코 집에 가서는 안 된다.'라니요? 당신이 어디론가 사라지겠다는 거예요?
라리사	불행한 사람에게는 신의 세상에서나 자유로운 장소가 많지요. 이 정원만 해도 그렇고요, 볼가 강도 있잖아요. 여기만 해도 어느 나무 가지에든 목을 맬 수 있지요, 볼가 강에서는 마음대로 장소를 택하면 되고요. 아무 곳에서나 빠져 죽기는 쉬우니까요. 만일 그렇게 할 생각과 용기만 있다면요.
파라토프	왜 그렇게 흥분하는 거요! 당신은 살 수 있고, 또 마땅히 살아야지요. 누가 당신에게 사랑과 존중을 거절하겠어요! 당신의 신랑감만 하더라도, 당신이 그를 다시 친절하게 대해 주면, 그는 광적인 신봉자가 될 텐데요.

라리사	당신은 무슨 말씀을 하시는 거죠! 저는 자신의 남편을 사랑하지는 않더라도, 마땅히 존중은 해야만 한다고 생각해요. 그렇지만 조롱과 갖은 모욕을 무관심하게 참는 인간을 제가 어떻게 존중할 수 있겠어요! 그것은 벌써 끝장이 난 일이에요. 저에게 그 사람은 더 이상 존재하지 않아요. 제게 신랑이 될 사람은 오직 한 사람뿐이에요, 그 분이 바로 당신이에요.
파라토프	미안해요, 제 말에 화내지는 마세요! 그렇지만 당신이 저한테 그렇게 요구할 권리를 갖고 있는 것은 아니잖아요.
라리사	무슨 말씀이세요! 당신은 정말로 잊어버리신 건가요? 그렇다면 당신에게 처음부터 다시 모든 것을 반복하지요. 저는 1년 동안이나 고통을 받았고, 1년 동안이나 당신을 잊을 수 없었고, 그동안 제 생활은 황폐했지요. 저는 마침내 결심을 했어요. 어떤 사람이든 처음 만나는 사람과 결혼하겠다고요. 그래서 카란디세프을 선택했어요. 저는 가정생활이 제 생활을 만족시켜 주고, 거기에 저를 안주시켜 줄 거라고 생각했어요. 그런데 당신이 나타나서 '모든 것을 버리세요, 나는 당신의 것이에요'라고 말씀하셨지요. 이게 정말로 권리가 아닐까요? 저는 당신의 말이 진심이라고 생각을 했고, 고민 끝에 그 권리를 얻은 것이라고 생각했어요.
파라토프	그것은 다 맞아요. 그 모든 것을 내일 둘이서 다시 이야기하지요.
라리사	아니에요, 오늘, 당장 이야기해요.

파라토프	강요하는 건가요?
라리사	요구하는 거예요.

크누로프와 보제바토프가 카페 문 앞에 나타난다.

파라토프	좋아요, 내 이야기를 좀 들어보세요, 라리사 드미트리예브나! 당신이 순간적인 유혹에 빠졌을 수도 있다는 사실을 인정하나요?
라리사	인정해요, 저도 순간적인 유혹에 빠지고는 하니까요.
파라토프	아니요. 제가 표현을 잘못했네요. 끊을 수 없는 쇠사슬에 손발을 묶인 사람이 세상만사를 잊어버리고, 자신을 괴롭히는 현실을 잊어버리고, 자기의 쇠사슬을 잊어버리면서 그렇게 사랑에 빠질 수 있다고 생각하시냐고요?
라리사	무슨 상관이 있어요! 그런 것을 잊어버리면 좋은 거지요.
파라토프	그런 정신 상태는 매우 좋아요, 나는 당신과 논쟁을 하지는 않을 거예요. 하지만 그런 상태는 지속되지는 않을 겁니다. 격정적인 사랑의 열정은 곧 사라지고, 쇠사슬과 그 사슬은 끊을 수도 없거니와 끊어지지도 않을 것이라고 일깨워 주는 지각 있는 판단만이 남겠지요.
라리사	(생각에 잠겨.) 끊을 수 없는 쇠사슬이라고요! (곧바로.) 당신은 결혼을 했나요?
파라토프	아니요.
라리사	그럼 그 밖의 다른 쇠사슬들은 방해될 게 없지요! 그 쇠사슬들을 함께 견뎌내면 되잖아요. 저는 그 짐을 당신과

	나누어서, 제가 더 큰 반쪽의 짐을 지겠어요.
파라토프	나는 약혼을 했어요.
라리사	아이고머니나!
파라토프	(약혼반지를 보여주며.) 바로 이게 나를 일생동안 동여매고 있는 황금의 사슬이에요.
라리사	왜 당신은 지금까지 말하지 않았어요? 파렴치하게, 파렴치하게! (의자에 주저앉는다.)
파라토프	내가 무슨 생각을 할 경황이 있었겠어요! 나는 당신 이외에 아무 것도 보이지 않았었는데요.
라리사	저를 보세요!

파라토프가 그녀를 쳐다본다.

"하늘처럼 눈은 밝군요…" 하, 하, 하! (발작적으로 웃는다.) 나한테서 떠나세요! 그만하면 됐어요! 이제 제 문제는 제가 알아서 해결하지요. (손으로 머리를 감싸 쥔다.)

크누로프, 보제바토프, 로빈존이
카페에서 바깥 현관으로 나온다.

제 8 장

파라토프, 라리사, 크누로프, 보제바토프, 로빈존이 있다.

파라토프 (카페로 다가가서.) 로빈존, 가서 내 마차를 찾아보게! 저기 가로수 길에 있을 거네, 자네가 라리사 드미트리예브나를 집까지 배웅해 드리게.

로빈존 라–세르쥬! 그 사람이 저기 있다네, 그가 권총을 들고 다닌다니까.

파라토프 〈그〉가 누군가?

로빈존 카란디세프지.

파라토프 나와 무슨 상관이 있단 말인가?

로빈존 그 사람이 나를 죽일 거야.

파라토프 아니, 그게 무슨 큰일이라고! 내가 말한 대로, 실행하기나 하게! 딴소리하지 말고! 나는 그런 걸 싫어하네, 로빈존.

로빈존 내가 자네에게 하고 싶은 말은, 내가 저 여자와 함께 있는 걸 보면, 그가 나를 죽이려고 한다는 거야.

파라토프 그 사람이 자네를 죽일지 안 죽일지는 아직 모를 일이잖아. 그러나 만일 내가 한 말을, 자네가 지금 당장 실행하지 않는다면, 그 때는 내가 자네를 틀림없이 죽일 걸세. (카페로 퇴장한다.)

로빈존 (주먹으로 위협하며.) 에라, 야만인, 에끼, 날강도! 제기랄, 별놈의 패거리에 다 엮였네! (퇴장한다.)

보제바토프가 라리사에게 다가간다.

라리사	(보제바토프를 쳐다보며.) 바샤, 나는 이렇게 끝나는가 봐요.
보제바토프	라리사 드미트리예브나, 내 사랑이여! 어떻게 하겠소? 아무것도 할 수 있는 게 없는데.
라리사	바샤, 우리는 어린 시절부터 아는 사이로 거의 친척이나 다름없지요. 내가 어떻게 하면 좋을지 가르쳐 줄 거죠?
보제바토프	라리사 드미트리예브나, 내가 당신을 존경하고 그렇게 할 수 있다면, 얼마나 기쁘겠어요... 그러나 내가 할 수 있는 게 없네요. 내 말을 믿어 주세요!
라리사	나는 당신한테 아무 것도 요구하지 않아요. 단지 저에게 공감해 달라는 것뿐이에요. 뭐, 나와 함께 울기라도 해 주었으면 할 뿐이에요.
보제바토프	그렇게 할 수가 없군요. 아무 것도 할 수가 없어요.
라리사	당신도 역시 쇠사슬에 매여 있는가요?
보제바토프	수갑에 채워져 있지요, 라리사 드미트리예브나.
라리사	어떤 수갑이요?
보제바토프	정직한 상인의 약속이라는. (카페로 간다.)
크누로프	(라리사한테 다가와서.) 라리사 드미트리예브나, 제 말을 끝까지 듣고서 화내지는 마세요! 제가 당신을 모욕할 생각은 전혀 없어요! 저는 당신에게 평안함과 당신이 충분히 누려야 할 행복이 있기를 바랄 뿐이지요. 당신은 저와 함께 파리에 전람회를 보러 가실 의향은 없으신가요?

라리사가 머리를 부정적으로 흔든다.

그리고 일생동안 충분한 보장을 받으실 생각은 없으신 가요?

라리사가 말이 없다.

부끄러움을 두려워하지는 마세요. 비난도 없을 거예요. 비난이 넘지 못할 그런 영역이 있지요. 즉 남의 도덕성에 대해서 가장 악의적인 비평가들조차도 놀라서 말을 못하고 입을 크게 벌릴 만큼의 엄청난 생활비를 제가 드리지요.

라리사가 고개를 다른 쪽으로 돌린다.

저는 한순간도 지체 없이 당신에게 청혼을 하고 싶지만, 저는 이미 결혼한 사람이지요.

라리사가 말이 없다.

당신이 수심에 잠겨 우울해 하고 있으니, 제가 감히 대답을 재촉하지는 않을 게요. 잘 생각해 보세요! 만일 당신이 제 말을 호의로 받아 주신다면 저한테 알려 주세요. 그 순간부터 저는 당신의 가장 충실한 종이 되어, 당신의 모든 소원과 또는 그 어떤 변덕조차도, 설사 그것들이 제아무리 괴상하고 값비싼 것이라 할지라도, 가장 확실한 실행자가 되어 드리지요. 제가 못할 것은 많지 않으니까요. (공손하게 인사를 하고 카페로 간다.)

제 9 장

라리사 혼자 있다.

라리사　아까 철책 너머로 아래를 내려다보았더니, 머리가 핑핑 도는 게, 하마터면 떨어질 뻔 했지. 그런데 만일 떨어지면, 틀림없이 죽는다고들 말하던데... (잠시 생각하다가.) 여기서 몸을 던지는 것도 좋을 거야! 아니야, 무엇 때문에 몸을 던져!.. 철책 곁에 서서 내려다만 보아도, 머리가 핑핑 돌아서 떨어질 텐데... 그래, 그게 더 좋을 거야... 기절을 하면, 아픈 것도 없을 거고... 아무 것도 느끼지 못할 거야! (철책으로 다가 가서 내려다본다. 몸을 굽히고 철책을 꽉 틀어잡는다. 이윽고 공포에 사로잡혀서 뒤로 물러난다.) 아휴! 너무 무섭네! (하마터면 넘어질 뻔하다, 정자를 겨우 붙든다.) 이런 어지럼증이라니! 넘어지겠네, 넘어지겠어, 아휴! (정자 옆에 있는 탁자에 앉는다.) 아휴, 아니야... (눈물을 글썽이며.) 목숨을 버리는 게 생각했던 것처

럼 간단하지가 않네. 용기가 없어! 나도 참 불행한 계집
이지! 그런데 쉽게 죽는 사람들도 있기는 하던데. 아마도
그 사람들은 전혀 살 수가 없었겠지. 그 사람들은 마음
끌리는 데도 하나 없고, 아쉬운 것도 서운한 것도 하나
없었겠지. 아휴, 나는 어때!.. 내게도 아쉬운 것은 하나
도 없지 않나, 나도 살 수가 없지 않나, 내가 살아야 할
까닭이 뭐가 있지! 그런데 왜 나는 결심을 못하는 거지?
뭐가 이 낭떠러지 위에서 나를 붙드는 거지? 뭐가 방해
하는 거지? (생각에 잠긴다.) 아휴, 아니야, 아냐... 크누
로프도 아니야... 사치스러운 것, 반짝거리는 것... 아니
야, 아니야... 나는 허망한 것과는 거리가 멀어... (소스라
쳐 놀라며.) 음탕한... 아휴, 아니야... 간단히 말해서 나
는 결단성이 없어. 가엾은 소심성이지. 어떻게든 산다는
것도, 살아서도 안 되고, 살 필요도 없는데. 나는 진정으
로 가련하고 불쌍한 계집이지. 지금 어느 누구라도 나를
죽여주면... 죽으면 얼마나 좋을까... 그 무슨 이유로든
내 자신을 원망하기 전에 말이야. 아니면 병에 걸려 죽기
라도 했으면... 그래, 나는 반드시 아플 거야, 정말로 내
가 쓰러질 것 같은 걸!.. 오랫동안 아프다가, 진정이 돼
서, 모든 것을 단념하고, 모두를 용서하고 죽으면... 아
휴, 정말로 쓰러질 것 같네, 어쩌면 이렇게 머리가 핑핑
돌지. (손으로 머리를 고이고, 혼수상태에 빠져 앉아있다.)

로빈존과 카란디세프가 들어온다.

제 10 장

라리사, 로빈존, 카란디세프가 있다.

카란디세프   당신한테 그녀를 집으로 데려다 주라고 명령했다고 말했
지요?

로빈존   그래요, 데려다 주라고 명령했지요.

카란디세프   그 사람들이 그녀를 모욕했다고 당신이 말했지요?

로빈존   모욕을 당하는 것보다 더 나쁜 게 어디 있겠어요!

카란디세프   그 여자 자신이 잘못한 거지요, 그녀의 행동은 벌을 받을
만하지요. 그들이 무슨 사람이냐고, 내가 그녀에게 그렇
게 말했건만, 마침내 그녀가 스스로 나와 그 사람들 사이
의 차이를 알 수 있을 테고, 알 수 있는 시간도 가졌어요.
그래요. 그녀가 잘못했지요, 그러나 그녀를 비난하는 것
은, 나 외에는, 그 누구도 권리가 없지요. 게다가 그녀를
모욕할 권리는 누구에게도 없지요. 내가 그녀를 용서할
것인가 아닌가의 문제도, 나만의 일이지요. 하지만 나는
반드시 그녀의 보호자가 되어야만 하지요. 그녀에게는
오빠도 가까운 친척들도 없으니까요. 나만이, 오직 나만
이 그 여자를 옹호하고, 모욕을 준 자들을 처벌해야 하지
요. 그녀가 어디에 있지요?

로빈존   그녀는 여기에 있었어요, 아, 저기 있네요!

카란디세프   우리들이 서로에게 쌓인 오해를 풀어야 할 때, 제 3자가
있어서는 안 되지요. 당신은 필요 없으니까, 우리끼리만

남게 해주세요.

로빈존　　기꺼이 그렇게 하지요. 라리사 드미트리예브나를 당신
　　　　　에게 인도했다고 말하지요. 저는 이만 가겠습니다! (**카페**
　　　　　로 퇴장한다.)

카란디세프가 식탁으로 다가가서 라리사와 마주 앉는다.

제 11 장

라리사와 카란디세프가 있다.

라리사　　(머리를 쳐들며.) 내가 얼마나 당신을 싫어하는지, 당신은
　　　　　아시겠어요! 당신은 여기에 왜 왔지요?

카란디세프　그럼 내가 어디에 있어야 한단 말이요?

라리사　　모르지요, 있고 싶은 데 있으세요, 내가 있는 곳만 **빼**
　　　　　고요.

카란디세프　당신은 오해하고 있어요, 나는 당신을 보호하기 위해서
　　　　　항상 당신 곁에 있어야만 해요. 그리고 나는 지금 당신이
　　　　　받은 모욕을 되갚아 주기 위해서 여기 왔어요.

라리사　　내게 있어서 가장 끔찍한 모욕은 바로 당신의 그 보호에
　　　　　요. 나는 누구한테도 어떤 모욕도 받지 않았어요,

카란디세프　당신은 정말로 지나치게 관대하군요. 크누로프와 보제

바토프는 둘 중의 누가 당신을 손에 넣는가를 두고 제비를 뽑거나, 동전으로 앞·뒷면을 맞히는 내기를 하는 그런 것들이 모욕이 아닌가요? 당신의 친구들은 참으로 훌륭하군요! 그들이 당신에게 어떤 존경심을 가지고 있는 거죠! 그들은 당신을 여자로도 사람으로도 보고 있지 않아요. 사람이란 자신의 운명을 스스로 결정할 수 있지요. 그런데 그들은 당신을 마치 물건처럼 보고 있잖아요. 만약 당신이 물건이라고 한다면, 다른 문제지만요. 물론, 물건이라고 한다면 이긴 사람에게 속하면 되지요. 물건이라면 화를 낼 필요도 없고요.

라리사 (매우 모욕을 느끼며.) 물건이요... 그래요, 물건이네요! 그 사람들이 옳아요, 나는 물건이지, 사람이 아니에요. 나는 방금 그것을 확신했어요. 스스로 깨달았어요... 나는 물건이에요! (극도로 흥분해서.) 마침내 나에게 어울리는 말을 당신이 찾아냈군요. 가세요! 부탁이니, 제발 나를 내버려 두세요!

카란디세프 당신을 내버려 두라고요? 내가 어떻게 당신을 내버려 두겠어요, 내가 누구한테 당신을 맡기겠어요?

라리사 어떤 물건이든 반드시 주인이 있지요. 나는 그 주인한테 가겠어요.

카란디세프 (불같이 흥분해서.) 내가 당신을 가질 거요. 내가 당신의 주인이요. (그녀의 손을 잡는다.)

라리사 (그를 밀치며.) 천만에요! 어느 물건이나 제 값이 있지요... 하, 하, 하, 나는 당신에게는 너무나, 너무나 비싼 물건이에요.

카란디세프   무슨 말이요! 내가 당신한테서 그런 후안무치한 말들이
         나 듣는 것을 기대했을까요?

라리사   (눈물을 글썽이며.) 만일 물건일 바에는, 비싸기라도 해야
         지요, 아주 비싸기라도 해야 유일한 위안이 되지요. 내
         마지막 부탁이나 들어주세요. 저기에 가서 크누로프나
         저에게 좀 보내 주세요.

카란디세프   당신은 무슨 말을 하는 거요! 당신은 무슨 그런 말을!
         정신 좀 차리시오.

라리사   그럼, 내가 직접 가겠어요.

카란디세프   라리사 드미트리예브나! 그만 두시오! 내가 당신을 용서
         할 테니, 내가 모든 것을 다 용서하겠소.

라리사   (쓴 웃음을 지으며.) 당신이 나를 용서한다고요? 고맙군
         요. 그러나 다만 당신처럼 보잘 것 없는 사람과 내 운명
         을 결합시킬 생각을 했던 내 자신을 나는 용서할 수가
         없어요.

카란디세프   우리 떠납시다, 우리 이 도시에서 당장 떠납시다, 나는
         무엇이든 당신의 말에 찬성이요.

라리사   늦었어요. 나는 당신에게 이 집시 무리 같은 생활 속에서
         서둘러서 데려가 달라고 요청했었는데, 당신은 그렇게
         하지 않았어요. 아마도 나는 이 집시 무리 속에서 살다가
         죽을 팔자인가 봐요.

카란디세프   자, 당신에게 간곡히 부탁할 게요. 제발 나를 행복하게
         해 주시오.

라리사	늦었어요. 이제는 내 눈앞에서 황금이 번쩍거리고, 보석 들이 번쩍거려요.
카란디세프	나는 모든 희생을 각오하고 있어요, 당신을 위해서라면 어떤 굴욕도 참을 작정이오.
라리사	(진저리를 치며.) 가세요, 당신은 내게 너무나 하찮고, 너 무나 너저분해요.
카란디세프	말해 주시오, 내가 어떻게 해야 당신의 사랑을 받을 수 있을지를? (무릎을 꿇는다.) 나는 당신을 사랑해요, 사 랑해.
라리사	거짓말이에요. 나는 사랑을 찾았지만, 끝내 얻지 못했어 요. 모두들 나를 놀잇감으로 봐 왔고, 또 보고 있더군요, 어느 누구도 내 속을 깊이 들여다보려고 한 번도 노력하 지 않았고, 어느 누구한테서도 나는 동정을 받지 못했으 며, 따뜻하고 인정어린 말을 듣지 못했어요. 알다시피 이렇게 사는 것은 너무 냉혹하잖아요. 내게는 잘못이 없 어요. 나는 사랑을 추구했지만, 찾지 못했어요... 세상에 는 사랑이 없어요... 찾을 수 있는 게 아무 것도 없어요. 나는 사랑을 찾지 못했어요, 그럴 바에는 차라리 황금이 나 찾을 거예요. 가세요, 나는 당신의 것은 될 수 없어요.
카란디세프	(일어서면서.) 후회하지 마시오! (프록코트의 앞섶 안으로 손을 넣는다.) 당신은 내 것이어야만 해요.
라리사	누구의 것이 될지라도, 당신의 것은 되지 않겠어요.
카란디세프	(발끈해서.) 내 것이 아니라고?
라리사	절대로요!

카란디세프	그렇다면 너는 다른 사람의 것도 되지 못해! (권총으로
	그녀를 쏜다.)
라리사	(가슴을 붙들며.) 아휴! 고마워요! (의자에 털썩 주저앉는다.)
카란디세프	내가 무슨 짓을, 내가 무슨 짓을... 아휴, 이 미친 놈!
	(권총을 떨어뜨린다.)

카란디세프가 라리사를 총으로 쏜 장면[28]

라리사	(상냥하게.) 정다운 이여, 당신이 나를 위해서 참으로 좋
	은 일을 하셨어요! 권총을 여기, 여기, 탁자 위에 놓으세
	요! 이것은 내가... 내 손으로, 아휴, 얼마나 좋은 일이에
	요... (권총을 집어 들어 탁자 위에 놓는다.)

카페에서 파라토프, 크누로프, 보제바토프, 로빈존
가르릴로와 이반이 들어온다.

제 12 장

라리사, 카란디세프, 파라토프, 크누로프, 보제바토프,
로빈존, 가브릴로, 이반이 있다.

일동	무슨 일이요, 무슨 일이에요?
라리사	이것은 내 스스로... 아무도 죄가 없어요, 아무도,.. 이것
	은 내 스스로.

무대 뒤에서 집시들이 노래를 부르기 시작한다.

| 파라토프 | 조용히 하라고 하게! 조용히 하라고 해! |

---

28 https://xarakteristika.ru/wp-content/uploads/2021/08/karandyshev.jpg

| 라리사 | (점점 약해지는 목소리로.) 아니, 아니에요, 왜 그러세요... 즐거운 사람은, 즐겁게 놀라고 하세요... 나는 아무도 방해하고 싶지 않아요! 삶을 즐기세요, 모두들 즐겁게 사세요! 당신들은 살아야지요, 그렇지만 저는... 죽어야 해요... 저는 아무도 원망하지 않아요, 누구에게도 화나지 않아요... 당신들은 모두 좋은 분들이에요... 저는 당신들을 모두를... 모두를 사랑해요. (입맞춤을 보낸다.) |

집시들의 대합창이 들린다.

1878년 10월 16일

알렉산드르 니콜라예비치 오스트로프스키(1823~1886)의 생애

  알렉산드르 니콜라예비치 오스트로프스키는 1823년 3월 31일 모스크바의 법원 관리의 가정에서 태어났다. 그의 아버지 니콜라이 표도로비치 오스트로프스키는 많은 재산을 축적한 후, 1841년에 법원에서 퇴직을 한 다음 네 지역에 영지를 사서 3백 명의 농노를 소유한 지주가 되었다. 그는 매우 지혜로웠으며, 지주들 중에서 교양 있는 지식인이었다. 그의 어머니 류뷰비 이바노브나는 그가 8살 때 4명의 자녀를 남겨 둔 채 사망하였고, 그 후 아버지는 재혼하였다. 오스트로프스키는 여섯 살 때부터 가정교사에게서 훌륭한 가정교육과 가르침을 받고 자랐으며, 그의 아버지는 오스트로프스키가 어린 시절부터 러시아 문학과 유럽 문학을 다양하게 접할 수 있는 훌륭한 서재를 가지고 있었다. 그는 프랑스어, 라틴어, 그리스어에 능통했으며, 후에 영어, 스페인어, 이탈리아어를 공부했다. 그는 열세 살에 모스크바 시립 중학교 3학년에 입학하였고, 그 곳을 졸업한 후 그는 아버지의 강권에 따라 모스크바 대학 법과에 입학하였으나, 결국 중도에 법학을 포기하였다. 그에게는 처음부터 법학 공부에 종사할 마음이 없었던 것이다. 하지만 대학 중퇴 후에도 그는 부친의 요구에 따라 재판소에서 근무하게 되었다. 이러한 법원 근무가 그의 성향에는 맞지 않았으나, 그의 사회생활 경험을 풍부하게 하는 데는 크게 도움이 되었다. 즉 여러 사회 계층의 사람들, 특히 상인, 관료층의 사람들과 부딪치는 가운데 그들의 세태와 풍습, 기질들을 깊이 알게 되었고, 이러한 관찰의 결과들은 작가의 작품 활동의 좋은 소재가 되었다.

1851년까지 주로 상인들과 가난한 귀족들의 재산 및 상업 분쟁을 해결하는 업무에 종사했다. 그가 법원에서 일을 하는 동안 상인들의 생활을 가까이서 접하게 되는 기회를 갖게 되었고, 그러한 사건들 중에서 가장 흥미롭고 기이한 이야기 거리들을 메모 노트에 적어 두었는데, 후에 이 기록들이 작가의 창작의 근원이 되었다. 당시 상인들은 대다수가 교육을 받지 못했고, 수염을 길렀으며 구식 복장을 하고 다니면서, 자신의 부를 과시하고 오로지 돈만이 힘이자 진리라고 믿었다.

《동업자끼리도 정산은 하자(Свои люди – сочтемся, 1850)》는 오스트로프스키가 법원에서 근무하면서 경험한 삶에 대한 지식을 기반으로 창작한 최초의 희극이다. 이 작품을 통해서 작가는 동시대 상인들의 삶과 그들이 돈 때문에 어떤 죄를 저지르는 지, 가족 구성원들이 서로를 어떻게 속이는 지 등을 있는 그대로 보여주면서, 그들의 세계에는 사랑도 의리도 정직함도 없다는 사실을 적나라하게 보여주고 있다. 오스트로프스키는 자신이 태어난 모스크바와 모스크바 강 건너 근교에 사는 상인들의 삶을 주제로 새로운 연극의 주제를 개척하였다. 이 작품은 검열로 인해 상연이 금지되었지만, 작가는 큰 명성을 얻게 되었다.

오스트로프스키는 게르첸과 벨린스키의 평론들에서 자신을 흥분시키는 사회적 정치적 문제들과 당면한 작품 창작의 여러 현안에 대한 명확한 해답을 얻게 되었다. 작가가 가장 좋아하고 그의 미학적 취미를 배양시켜 준 것은 폰비진, 그리보예도프, 푸슈킨, 레르몬토프, 고골리의 작품들이다. 또한 그는 고대 문학을 비롯한 외국 고전 문학에도 깊은 관심을 기울였다. 그는 40년대 말부터 벨린스키의 미학적 견해를 적극적으로 지지하였고, 잡지 《모스크바인(Москвитянин)》에 문학

평론들을 발표하였다. 그가 극작가로 활동을 시작하던 시기에 그의 아버지는 자신의 자유주의적 성향을 점차적으로 상실하면서 보수주의의 전형적인 지주가 되었고, 자신의 아들의 견해와 문학 활동을 달가워하지 않았으며, 1849년부터는 아들에게 그동안 제공해 왔던 경제적 지원을 완전히 중단해 버렸다.

오스트로프스키는 자신의 초기 작품들에서 계급적 특권과 금전이 지배하는 사회제도의 예리한 비판가로 등장했지만, 자신의 창작 과정, 특히 초기 작품들에서는 약간의 동요와 모순이 나타났다. 즉 검열의 영향과 잡지《모스크바인》과의 협력관계로 인하여 50년대 전반기의 자신의 창작, 예를 들어《자신의 썰매가 아니면 타지마라(Не в свои сани не садись)》,《가난은 죄가 아니다(Бедность не порок)》,《제멋대로 살지 마라(Не так живи, как хочется)》등의 희곡들에서는 상인들의 가부장적 풍습을 이상화하고, 종교적 화해의 사상을 설교하는 등 반동적인 성향이 반영되어 나타났었다. 그러나 체르니셰프스키나 네크라소프의 애정 어린 비판에 대해 귀를 기울인 그는 곧 친슬라브적 성향의 환상을 극복하고, 죽을 때까지 동시대의 민주주의 사상과 연결된 비판적 사실주의의 입장을 고수하였다. 그리하여 1857년부터는 자신의 모든 희곡을《동시대인》지에 발표했고, 그 잡지가 폐간된 후부터는 네크라소프와 살티코프-셰드린이 주간하는 당시의 가장 진보적인 잡지《조국 수기》에 발표하였다.

오스트로프스키는 상인의 세계를 보여주면서 러시아 사회에서 진행되고 있는 변화의 과정을 보여주고 있는데, 농노해방 이전에 출판된 그의 작품 가운데 최고의 희곡은《뇌우(Гроза, 1859)》이다. 오스트로프스키는 연극이 사회에서 중요한 계몽적인 역할을 해야만 한다고 생각했다. 1860년대부터 그는 러시아 민족의 역사를 주제로 하는 역사극을 창작하기 시작했다. 오스트로프스키의 견해에 따르면, 연극은 조국 문화에 대한 사랑과 조국애를 가르쳐야만 하는 소명이 있었다. 1861년 농노해방 이후 러시아 사회는 정치, 경제 분야에서 근본적인 변화가 일어났고, 개인들의 삶과 사회 집단들 사이에서는 경제적인 상황에 따른 새로운 관계가 형성되기 시작했다. 이 시기 오스트로프스키의 새로운 주제는 인물들의 도덕적 인격적 가치에 보다 중점을 두는 작품을 집필하였다. 그 결과 오스트로프스키의 장르도 민족 희극의 장르에서 가정생활과 개인의 마음과 감정을 심층적으로 다루는 심리극으로 전환되기 시작했다.

1869년에 오스트로프스키는 말리 극장 여배우 마리야 바실리예브나와 결혼하였다. 1872년에 모스크바와 페테르부르크의 문단과 연극계에서는 그의 희곡 활동 25주년을 성대히 기념하였다. 1873년 그는 동화극《백설 공주(Снегурочка)》를 창작하였고, 희곡《늦은 사랑(Поздняя любовь)》을 완성하였다. 1874년부터 1879년까지 그는 프랑스, 영국, 스페인, 이탈리아 희곡들을 여러 편 번역하였다. 1883년에 씌어진《죄 없는 죄인들(Без вины виноватые)》은 그의 마지막 희곡이 되었다.

오스트로프스키는 사실주의 민족 연극의 창작에 평생 동안 전념하였다. 그의 활동은 모스크바 말리 극장과 밀접한 관계를 갖고 있는데, 그가 창작한 거의 모든 희곡들은 이 극장에서 상연하기 위해서 창작된 것이었다. 오스트로프스키는 배우들이 삶에 대한 심오하면서도 사실적인 연기를 할 수 있도록 많은 주의를 기울였다. 여러 외국어에 능통했던 그는 셰익스피어와 몰리에르, 세르반테스의 작품을 번역하기도 했다.

1886년 5월 말에 오스트로프스키는 오랜 질환인 협심증의 발작으로 인해 셸리코보로 갔다. 그 곳에서 작가는 셰익스피어의 비극《안토니오와 클레오파트라》를 번역 작업을 하고 있었지만, 6월 2일 아침에 갑작스러운 심장 마비를 일으켜 책상에 앉은 채 영면하였고, 자신의 영지인 코스트롬현의 셸리코보에 안장되었다.

오스트로프스키는 19세기 후반기 러시아의 사회적 풍습과 도덕, 특히 사회적 갈등의 가장 중요한 과정들과 현상들이 폭 넓고 다양하게 반영된 약 50여 편의 독창적인 희곡을 창작하였다. 그의 문학과 사회 활동은 당시 지배적이던 보수주의의 극문학과 희곡에 대한 견해와 첨예한 대립 속에서 이루어졌다. 게다가 작가의 창작적 구상을 제한한 검열로 인하여 그것은 더욱 더 복잡한 양상을 보여주게 되었다. 오스트로프스키의 문학 활동을 제한한 검열과 그 밖의 수단들을 통한 전제주의의 제도는 작가로 하여금 자신의 창작 능력을 마음껏 발휘할 수 없었음에도, 작가는 이 모든 난관을 극복하면서 자신의 모든 능력을 발휘하여 후세에 길이 남을 좋은 작품들을 남겼다. 러시아 문학사에서 그는 자신이 창조한 전형적인 긍·부정적 인물들의 다양하고 화려한 면면을 통해서 가장 훌륭한 희곡 작가의 반열에 확고히 자리하게 되었다.

작가 및 작품 연보

1823년 3월 31일(구력 4월 12일) – 알렉산드르 니콜라예비치는 모스크바 법원의 관리인 니콜라이 표도로비치 오스트로프스키(Николай Федорович Островский)와 그의 아내 류보비 이바노프나 (Любовь Ивановна) 사이에서 출생.

1831년 – 어머니 사망.

1835년 – 모스크바 1번 김나지움에 3학년 입학.

1840년 – 아버지의 강권에 따라 자신이 공부하기를 원했던 역사 – 어문학부 대신에 모스크바 대학교 법학부 입학.

1843년 – 모스크바 대학교에서의 학업을 중단하고, 모스크바 법원 관리로 근무 시작.

1845년 – 모스크바 민사 재판소에서 상업 재판소로 전근.

1848년 – 코스트롬(Костром) 현의 셸리코보(Щелыково)에 있는 아버지의 영지 최초로 방문, 1868년 이후 오스트로프스키는 매년 이곳에서 여름을 보냈음.

1849년 – 최초의 대작 코미디 《파산(Банкрот)》 완성. 이 작품은 처음에 《지불능력이 없는 채무자(/신용불량자)(Несостоятельный должник)》로 제목을 붙였으나, 창작 과정에서 《파산》으로 개명되었고, 후에 4막으로 구성된 《동업자끼리도 정산은 하자!(Свои люди – сочтемся)》로 개작됨.

1849-1850, 겨울 – 오스트로프스키와 사도프스키(П.Садовский)는 모스크바 문학 모임에서 연극 《파산》 낭독. 이 연극은 사회 고발의 힘과 예술적 기교를 갖추고 있어서 청중들, 특히 민주적 청년들에게 큰 인상을 남김.

1850년 3월 – 잡지 《모스크바인(Москвитянин)》 № 6호에 《동업자끼리도 정산은 하자!》 게재.

1853년 1월 14일 – 니쿨리나-코시츠카(Никулина-Косицка) 자선 공연으로 희곡 《자신의 썰매가 아니면 타지마라(Не в свои сани не садись)》 모스크바 말리(Малый) 극장에서 초연, 오스트로프스키의 연극이 극장에서 최초로 공연된 작품으로 큰 성공을 거두었음. 2월 초 오스트로프스키는 페테르부르크에 있는 알렉산드르(Александр) 극장에서 상연된 《자신의 썰매가 아니면 타지마라》 연출 지도.

1853년 2월 – 아버지 사망.

1853년 11월 – 희곡 《가난은 죄가 아니다(Бедность не порок)》 완성.

1854년 1월 – 상트페테르부르크에서 오스트로프스키는 네크라소프(Н.А. Некрасов)의 집에서 거행된 만찬에 참석하였고, 그 곳에서 투르게네프(И.С. Тургенев)를 만나게 됨.

1854년 – 코미디 《가난은 죄가 아니다》 첫 공연이 말리 극장에서 열렸고, 공연은 대성공을 거두었음.

1854년 9월 9일 – 야블로츠킨(Яблочкин) 감독의 자선 공연으로 알렉산드르 극장에서 코미디 《가난은 죄가 아니다》 첫 공연이 열렸고, 공연은 대성공을 거두었음.

1854년 11월 – 드라마 《제멋대로 살지 마라(Не так живи, как хочется)》
발표

1856년 1월 18일 – 블라디미로바(Владимирова) 자선 공연으로 알렉
산드르 극장에서 희곡 《타인의 잔치에 따른 숙취(В чужом пиру
похмелье)》 초연.

1856년 4월~8월 – 볼가 강 상류를 따라 여행. 코미디 《수입 좋은 자리
(Доходное место)》 완성.

1858년 10월 17일 – 쿠셸레바–베즈보로드코(Г.А. Кушелева–Безбо-
родко)가 편집한 오스트로프스키 전집 2권 출간. (검열
과정을 감안하여 간행물의 제목 페이지에 1859년으로
표기)

1858년 12월 7일 – 시골 생활의 무대를 그린 희곡 《여학생(Воспитаница)》
완성.

1859년 3월 10일 – 상트페테르부르크에서 오스트로프스키는 위대한
여배우 마르티노바(А.Е. Мартынова)를 기리는 만찬에서 연설
하였고, 이 모임에서 당시 문학계를 주도하는 체르니셰프스키
(Н.Г. Чернышевский), 네크라소프, 톨스토이(Л.Н. Толстой),
살티코프–셰드린(М.Е. Сатыков–Щедрин), 곤차로프(И.А.
Гончаров), 투르게네프와 조우.

1859년 12월 2일 – 린스카야(Линская) 자선공연으로 알렉산드르 극장
에서 드라마 《뇌우(Гроза)》 초연.

1860년 1월 – 잡지 《독서를 위한 도서관(Библиотека для чтения)》 №
1호에 《뇌우》 게재.

1861년 1월 – 오스트로프스키는 알렉산드르 극장에서 상연된 코미디 《동업자끼리도 정산은 하자》를 연출하였고, 1월 16일 같은 극장에서 린스카야 자선공연으로 초연.

1863년 1월 1일 – 알렉산드르 극장에서 코미디 《뭔가를 위해 당신이 간다면, 찾을 것이다. (발자미노프의 결혼) (За чем пойдёшь, то и найдёшь (Женитьба Бальзаминова)》 초연.

1863년 1월 – 알렉산드르 극장에서 드라마 《죄와 불행은 누구에게 살지 않을까(Грех да беда на кого не живёт)》 초연.

1863년 9월 27일 – 레브케예바(Левкеева) 자선공연으로 알렉산드르 극장에서 코미디 《수입 좋은 자리(Доходное место)》 초연.

1863년 11월 22일 – 쥴레바(Жулева) 자선공연으로 알렉산드르 극장에서 희곡 《여학생(Воспитаница)》 초연.

1865년 1월 – 잡지 《동시대인》 № 1호에 코미디 《군사령관(Воевода)》 게재

1865년 3~4월 – 오도옙스키(В. Ф. Одоевский), 루빈시테인(Н. Г. Рубинштейн)과 함께 모스크바 배우 협회 규정 확립.

1865년 4월 23일 – 페테르부르크 마린스키(Мариинск) 극장에서 오스트로프스키가 참석한 가운데 《군사령관(Воевода)》 초연.

1865년 9월 25일 – 레브케예바 자선공연으로 알렉산드르 극장에서 코미디 《번화한 장소에서(На бойком месте)》 초연.

1865년 10월 – 잡지 《동시대인》 № 9호에 《번화한 장소에서》 게재. 모스크바 배우 협회 개막식.

1865년 12월 – 모스크바 배우협회장으로 선출.

1866년 5월 6일 – 바실리예프 페르비(Васильев Первый) 자선공연으

로 알렉산드르 극장에서 드라마 《심연(Пучина)》 초연.

1867년 1월 16일 – 오스트로프스키가 창작한 《뇌우(Гроза)》가 카시페로프(В. Кашперов)의 오페라 대본으로 사용되는 것이 검열에서 허용됨.

1867년 10월 30일 – 카시페로프의 오페라 《뇌우》가 상트페테르부르크의 마린스키 극장과 모스크바의 볼쇼이 극장에서 동시에 공연됨.

1868년 11월 1일 – 부로딘(Буродин) 자선공연으로 알렉산드르 극장에서 코미디 《원숭이도 나무에서 떨어진다(На всякого мудреца довольно простоты)》 초연.

1868년 11월 – 네크라소프와 살티코프–셰드린이 발행한 잡지 《조국 수기》 № 11호에 《원숭이도 나무에서 떨어진다.》가 게재되었고, 이후로 극작가는 차르 정부에 의해서 잡지 《조국 수기》가 폐간된 1884년까지 꾸준히 협력관계 유지.

1869년 1월 29일 – 린스카야(Линская) 자선공연으로 알렉산드르 극장에서 코미디 《뜨거운 심장(Горячее сердце)》 초연.

1869년 2월 12일 – 마리야 바실리예브나 바실리예바(Мария Васильевна Васильева)와 결혼, 이들 사이에서 네 아들과 두 딸이 태어났음.

1870년 2월 – 잡지 《조국 수기》 № 2호에 코미디 《미친(/엄청나게 많은) 돈)(Бешеные деньги)》 게재.

1870년 4월 16일 – 코미디 《미친 돈》 알렉산드르 극장에서 초연.

1870년 11월 – 오스트로프스키의 주도로 러시아 극작가 협회가 모스크바에 설립되었고, 후에 러시아 극작가 및 오페라 작곡가 협회로 재조직됨.

1871년 1월 – 잡지 《조국 수기》 № 1호에 코미디 《숲(Лес)》 게재.

1871년 9월 – 잡지 《조국 수기》 № 9호에 코미디 《고양이에게 모든 것이 마슬레니차는 아니다.(Не всё коту масленица)》 게재.

1871년 11월 1일 – 부로딘 자선공연으로 알렉산드르 극장에서 《숲》 초연.

1872년 1월 – 잡지 《조국 수기》 № 1호에 코미디 《한 푼도 없다가, 갑자기 큰돈이 생겼다 (/벼락부자) (Не было ни гроша, да вдруг алтын)》 게재.

1872년 1월 13일 – 알렉산드르 극장에서 《고양이에게 모든 것이 마슬레니차는 아니다》 초연.

1872년 2월 17일 – 쥴레바(Жулева) 자선공연으로 마린스키(Мариинский) 극장에서 드라마 《드미트리 참칭자와 바실리 슈이스키 (Дмитрий Самозванец и Василий Шуйский)》의 첫 공연이 열렸고, 극단 배우들이 극작가에게 금도금이 된 화환과 축하 연설을 헌정하였음.

1872년 9월 20일 – 말리셰프(Малышев) 자선공연으로 알렉산드르 극장에서 《한 푼도 없다가, 갑자기 큰돈이 생겼다》 초연.

1873년 3월 말~4월 – 희곡 《백설 공주(Снегурочка)》 완성.

1873년 9월 – 잡지 《유럽 통보(Вестник Европы)》 № 9호에 《백설 공주》 게재.

1874년 1월 – 잡지 《조국 수기》 № 1호에 코미디 《늦은 사랑(Поздняя любовь)》 게재.

1874년 10월 21일 – 러시아 극작가 및 오페라 작곡가 협회가 모스크바에서 개최되었고, 오스트로프스키는 만장일치로 회장으로 선출됨.

1874년 – 네크라소프와 크라예프스키(A.A. Кравевский)가 편집한 오스트로프스키 전집 8권 출간.

1875년 11월 – 잡지 《조국 수기》 № 11호에 코미디 《늑대들과 양들(Волки и овцы)》 게재.

1875년 – 레브케예바(Левкеева) 자선공연으로 알렉산드르 극장에서 코미디 《부유한 신부들(Богатые невесты)》 초연.

1875년 12월 8일 – 부로딘 자선공연으로 알렉산드르 극장에서 《늑대들과 양들(Волки и овцы)》 초연.

1876년 11월 22일 – 부로딘 자선공연으로 알렉산드르 극장에서 코미디 《진리도 좋지만, 행복이 더 좋다(Правда – хорошо, а счастье лучше)》 초연.

1877년 1월 – 잡지 《조국 수기》 № 1호에 《진리도 좋지만, 행복이 더 좋다》 게재.

1877년 12월 2일 – 부로딘 자선공연으로 알렉산드르 극장에서 코미디 《마지막 희생자(Последняя жертва)》 초연.

1878년 1월 – 잡지 《조국 수기》 № 1호에 《마지막 희생자》 게재.

1878년 10월 17일 – 드라마 《지참금 없는 처녀(Бесприданница)》 완성.

1878년 11월 22일 – 부로딘 자선공연으로 알렉산드르 극장에서 《지참금 없는 처녀》 초연.

1878년 12월 – 살라예프(Салаев)가 편집한 오스트로프스키 전집 9권 출간.

1879년 1월 – 잡지 《조국 수기》 № 1호에 《지참금 없는 처녀》 게재.

1880년 1월 – 잡지 《조국 수기》 № 5호에 코미디 《마음은 돌이 아니다

(Сердце не камень)》게재.

1880년 6월 7일 – 모스크바 문학애호가 협회에서 주최한 푸시킨 축하
기념제에 참석하여 《푸시킨에 대한 축하의 단어(Застольное
слово о Пушкине)》발표.

1881년 4월 – 오스트로프스키는 모스크바 최초의 개인 극장인 브렌코
(А. Бренко)의 푸시킨 극장(Пушкинский театр)에서 자신의
코미디 《동업자끼리도 정산은 하자!》의 연출을 지도.

1881년 11월 1일 – 상트페테르부르크에서 오스트로프스키는 극장 규
정 개정에 관한 위원회 회의에 몇 달 동안 적극적으로 참석하
여 활동하면서 위원회에 "현재 러시아의 연극 예술 상황에 대
한 기록(Записка о положении драматического искусства в
России в настоящее время)"을 제출. 하지만 그의 제안들은
거의 수용되지 않았으며, 이후에 그는 위원회 활동을 "사실상
위원회는 희망과 기대의 속임수였다."라고 언급하였음.

1881년 12월 6일 – 코미디 《재간둥이들과 숭배자들(Таланты и поклон-
ники)》완성

1882년 1월 – 잡지 《조국 수기》№ 1호에 《재간둥이들과 숭배자들》
게재.

1882년 – 스트렐스카야(Стрельская) 자선공연으로 알렉산드르 극장
에서 《재간둥이들과 숭배자들》초연.

1882년 2월 12일 – 오스트로프스키 창작 활동 35주년 기념제. 곤차로
프는 자신의 편지에서 오스트로프스키의 창작활동 35주년 기
념일을 축하하였고, 그의 작품들을 높이 평가하였음.

1882년 4월 19일 – 알렉산드르(Александр) III세는 오스트로프스키가

모스크바에 개인 극장을 설립하도록 허가.

1883년 4월 28일 – 예르몰로바(М.Н. Ермолова)가 예브랄리야(Евлалия)의 역할로 참여한 코미디 《노예들(Невольницы)》 알렉산드르 극장에서 초연.

1883년 여름 – 희곡 《죄 없는 죄인들(Без вины виноватые)》 창작 시작.

1884년 1월 20일 – 《죄 없는 죄인들》 알렉산드르 극장에서 초연.

1884년 1월 – 잡지 《조국 수기》 № 1호에 《죄 없는 죄인들》 게재.

1884년 4월 20일 – 차르 정부는 잡지 《조국 수기》 폐간. 1868년부터 오스트로프스키는 이 잡지를 통해서 모두 21편의 희곡(다른 작가와 공동으로 쓴 2편과 번역 1편을 포함)을 게재하였음.

1884년 8월 28일 – 오스트로프스키 자신의 수년간의 문학 및 연극 활동을 총결산한 《자서전적 수기(Автобиографическая заметка)》 완성.

1885년 1월 9일 – 스트레페토바(Стрепетова) 자선공연으로 알렉산드르 극장에서 코미디 《이 세상에 속하지 않는다(Не от мира сего)》 초연.

1886년 1월 1일 – 모스크바 제국 극장의 상연목록 담당 부서장직에 오스트로프스키 임명.

1886년 4월 19일 – 러시아 문학 애호가 협회가 오스트로프스키를 명예 회원으로 선출.

1886년 6월 2일 – 자신의 작업실에서 오전 10시에 협심증으로 사망. 셸리코보(Щелыково) 근교 니콜로-베레즈크(Николо-Бережк) 공동묘지에 안장.

작품 해설[*]

《지참금 없는 처녀》는 알렉산드르 니콜라예비치 오스트로프스키의 4막으로 구성된 연극이다. 이 작품에 대한 작업은 1874년부터 1878년까지 4년 동안 진행되었다. 《지참금 없는 처녀》의 초연은 1878년 가을에 공연이 열렸고, 초연에 대한 평가에서 관객과 연극 비평가들 사이의 거센 항의를 초래하였으나, 작가 사후에 작품은 성공을 거두었다. 이 희곡은 잡지 《조국 수기(Отечественные записки)》에 1879년 제1호에 최초로 게재되었다.

1870년대에 알렉산드르 오스트로프스키는 키네셈(Кинешем) 지역 재판소에서 관리로 근무하였다. 그는 자신이 참여한 재판 과정과 수사 일지를 통해서 습득한 내용을 토대로 향후 창작에 필요한 주제들을 확보하였다. 오스트로프스키 연구자들은 《지참금 없는 처녀》의 소재도 이러한 내용으로 당시 지역 전체를 놀라게 했던 사건들 중 한 사건이 극작가에게 영향을 주었다고 추론하고 있는데, 그것은 이 지역 주민 이반 코노발로프(Иван Коновалов)가 자신의 젊은 아내를 살인한

---

[*] 오스트로프스키 작품 《지참금 없는 처녀》에 대한 본 해설은 러시아 얀덱스 위키피디어의 내용을 토대로 기술되었으며, 역자에 의해 편집되었음을 밝혀둔다.
(검색일 2022. 10. 1.: https://ru.wikipedia.org/wiki)

사건을 모티브로 삼고 있다고 보고 있다.

오스트로프스키는 1874년 11월에 새로운 작품을 시작하면서, 'опус
(작품) 40'이라고 표기를 했는데 예상과는 달리 창작 작업이 느리게
진행되었다. 오스트로프스키는 《지참금 없는 처녀》와 병행하여 몇 작
품을 더 창작하였고 그것들을 출판하였다. 마침내 1878년 가을에 이
연극이 완성되었고, 극작가는 자신이 친하게 지내는 배우들 중 한 명
에게 이 사실을 알렸다.

새로운 연극이 성공할 운명이라는 사실을 증명이라도 하듯이 희곡
은 검열을 쉽게 통과했고, 작품을 잡지 《조국 수기》에 게재하기 위한
준비를 했다. 이 작품의 첫 리허설은 먼저 모스크바 말리 극단에서
시작하였고, 그 후에 페테르부르크 알렉산드르 극장에서도 준비하기
시작했다. 그러나 모스크바와 상트페테르부르크에서의 초연은 모두
실패로 끝났으며, 비평가들에게 혹독한 평가를 받았다. 그러나 극작가
사망 10년 후인 1890년대 후반에 《지참금 없는 처녀》는 관객들의 인정
을 받았다. 그것은 무엇보다도 오구달로바의 역을 맡은 여배우 베라
코미사르제브스카야(Вера Комиссаржевская)의 이름과 관련이 있다.

1막

희곡의 행위는 볼가 강변의 브랴히모프(Бряхимов)시(市)에 위치한
카페 앞마당에서 진행된다. 이 지역의 대부호이자 상인인 크누로프와
보제바토프가 이곳에서 대화를 나눈다. 그들이 대화를 이어가는 동안
선주이자 귀족인 파라토프가 자신의 배를 타고 도시로 돌아오고 있는

사실이 알려진다. 파라토프는 1년 전에 사랑하는 연인 라리사 드미트리예브나에게 아무런 작별 인사도 없이 갑자기 브랴히모프를 떠났었다. 라리사는 '감성적인' 아가씨였기 때문에 사랑하는 파라토프를 뒤따라가기 위해 집을 나섰지만, 두 번째 역에서 어머니에게 잡혀 집으로 돌아와야만 했다.

어린 시절부터 친구로서 라리사를 잘 알고 있는 보제바토프의 말에 따르면, 그녀의 가장 큰 불행은 지참금이 없다는 점이다. 라리사의 어머니인 하리타 이그나티예브나는 딸에게 합당한 신랑감을 찾으려는 노력의 일환으로 자신의 집을 모든 이에게 개방하였다. 그러나 파라토프가 떠난 후에 새롭게 라리사의 신랑감으로 선택된 인물들이 하나같이 다른 경쟁자들이 부러워 할 수 없는 그런 인물들이었다. 이를테면, 통풍을 앓고 있는 노인, 항상 술에 취해 있는 어떤 공작의 관리인, 그리고 오구달로프네 집에서 곧장 체포된 사기꾼 회계원 등이었다. 이러한 스캔들 후에 라리사 드미트리예브나는 어머니에게 누구든 그녀에게 청혼하는 첫 번째 사람과 결혼할 것이라고 선언하였는데, 바로 그때 나타난 신랑감이 가난한 관리인 카란디세프였다. 보제바토프의 이야기를 들으면서, 크누로프는 고귀한 보석처럼 라리사의 운명은 화려한 삶을 살도록 운명 지어졌으며, 그녀에게는 최고의 화려한 생활과 환경이 어울린다고 확신하게 된다. 이때 오구달로프가(家)의 어머니와 딸이 카란디세프와 함께 무대에 등장한다. 라리사 드미트리예브나의 신랑감인 카란디세프는 카페에서 크누로프와 보제바토프를 자신의 집에서 거행하는 오찬에 초대한다. 하리타 이그나티예브나는 크누로프의 경멸적이면서도 당혹해 하는 표정을 보고서, 이 오찬이 '라리사를 위해 점심을 먹는 것과 같다'고 설명한다. 그들이 떠난 후,

카란디세프는 라리사에게 질투를 하는 장면을 보여준다. 그가 라리사에게 '파라토프가 여전히 좋은 이유가 무엇이냐'라고 묻자, 그녀는 세르게이 세르게이치는 자신이 생각하는 가장 이상형의 남성이라고 대답한다.

볼가 강변에서 선주의 도착을 알리는 축포가 발사되자, 카란디세프는 커피숍에서 라리사를 데리고 나간다. 몇 분 후 텅빈 무대에서 카페 주인 가브릴로는 세르게이 세르게이치를 맞이한다. 파라토프는 '로빈존'이라는 별명을 가진 배우 아르카디 스챠스틀립체프와 함께 브랴히모프에 도착했다. 파라토프의 설명에 따르면, 이 배우가 '로빈존'이라고 불리는 이유는 그가 무인도에서 발견되었기 때문에 얻게 된 것이다. 이후 오래된 지인인 상인들 사이의 대화는 파라토프의 증기선인 〈제비호〉의 판매를 중심으로 전개되고, 두 상인들 사이의 거래가 성사된 후, 그 배의 소유자는 보제바토프가 된다. 세르게이 세르게이치는 새로운 소식으로 자신이 부유한 귀족의 딸과 결혼할 예정임을 알리고, 그의 약혼녀가 지참금으로 금광을 가져올 것이라고 말한다. 곧 있을 라리사의 결혼 소식은 그에게 그녀에 대해서 다시 생각하게 한다. 파라토프는 라리사에 대한 약간의 죄책감을 느끼는 것을 인정하면서도, 이제는 '예전의 계산은 이미 끝났다'라고 생각하면서 자신의 결혼 전의 마지막 자유를 만끽하는 차원에서 지인들과 흥겹게 술을 마시면서 놀기로 결정한다.

2막

2막에서 전개되는 사건들은 오구달로프네 집에서 발생한다. 라리사가 옷을 갈아입고 있는 동안에 크누로프가 방으로 들어오고, 여주인인 하리타 이그나티예브나가 그를 귀한 손님으로 맞이한다. 크누로프는 라리사처럼 화려한 귀족 아가씨에게 가난한 관리인 카란디세프는 적합한 신랑감이 아니라는 사실을 설파하면서, 그녀와 같이 어려운 경제적 상황에 처한 아가씨에게는 자신과 같은 부유하고 영향력 있는 사람의 후원이 훨씬 더 유용하다고 말한다. 크누로프는 또한 신부의 웨딩드레스는 아름답고 화려해야만 한다는 사실을 주지시키고, 자신이 모든 비용을 지불하겠다고 하면서 가장 비싼 상점에서 주문하라고 말한다.

크누로프가 떠난 후 라리사는 자신의 어머니에게 카란디세프가 먼 오지 지역인 자볼로티예(Заболотье)에서 재판소의 판사직 선거에 출마를 할 것이며, 결혼식 후에 남편과 함께 그 곳으로 곧 떠날 계획이라고 알린다. 그러나 이때 방에 등장한 카란디세프는 라리사의 희망 사항에 동조하지 않은 채, 라리사가 서둘러 시골로 떠나고자 하는 사실에 대해 짜증을 낸다. 카란디세프는 도시의 모든 사람들이 미쳤다는 사실을 열거한다. 브랴히모프의 모든 주민들 심지어 마부들과 주막에서 대기하고 있는 까무잡잡한 피부의 집시들조차도 파산한 귀족의 귀환을 기뻐하는 상황을 설명한다. 그 귀족은 자신이 소유한 마지막 증기선까지도 매도해야만 하는 상황이지만, 도시의 모든 술집을 이곳저곳 분주하게 다니고 있다고 말한다.

이때 파라토프가 오구달로프가(家)를 인사차 방문하기 위해 등장한다. 처음에 그는 하리타 이그나티예브나와 진심으로 이야기를 나눈다.

그 후에 라리사와 홀로 남겨진 그는 한 여성이 사랑하는 사람과 헤어진 후, 얼마나 오랫동안 기다리며 지낼 수 있는지에 대해 궁금해 한다. 라리사는 이 대화로 인해 모멸감을 느끼고 고통을 받지만, 파라토프가 그녀에게 이전처럼 자신을 사랑하는지 물었을 때, 그녀는 '예'라고 대답한다.

파라토프와 카란디세프가 논쟁하는 장면[1]

---

1 https://cdn.culture.ru/images/d0517545-818c-591c-9e20-6a2fab82a8d4

반면에 파라토프와 카란디세프의 첫 만남은 갈등으로 시작된다. "어떤 사람은 수박을 좋아하고, 다른 사람은 돼지 연골을 좋아한다."라는 표현을 말하면서, 이러한 러시아어 표현을 그가 증기선의 견선부들에게서 배웠다고 말한다. 파라토프의 이러한 대답은 증기선의 견선부들이 무례하고 무지한 사람들이라고 믿고 있는 카란디세프의 분노를 야기한다. 두 사람의 논쟁이 확 달아오르려는 순간, 하리타 이그나티예브나가 그들의 논쟁을 중단시키면서 샴페인을 가져 오라고 말한다. 두 사람이 부르데르샤프트를 통해 화해의 술을 마시면서 상황이 진정되었지만, 나중에 파라토프는 다른 상인들과의 대화에서 신랑감을 조롱할 것임을 암시한다.

3막

라리사의 약혼자인 카란디세프의 집에서 오찬이 진행된다. 율리아 카피토니치의 큰어머니인 에프로시냐 포타포브나는 오구달로바에게 이 오찬을 준비하는데 많은 노력과 비용이 지출되었다고 불평을 한다. 그나마 시장의 상인이 포도주의 가격을 절약할 수 있게 해준 것을 매우 다행스러운 일이라고 말한다. 즉 주류업자가 1루블 이상의 값이 나가는 포도주를 1병당 60 코페이카에 팔면서 원하는 라벨을 붙여 주었던 것이다.

라리사는 초대된 손님들이 오찬에 제공된 요리와 음료를 먹지도 마시지도 않은 것을 보면서 신랑감에게 부끄러움을 느낀다. 크누로프는 카란디세프의 어리석음을 확신한다. 파라토프는 '야로슬라블리제 외국산 포도주'에 익숙한 로빈존에게 카란디세프가 술에 취하게 마시도록 분위기를 잡을 것을 지시한다.

파라토프는 카란디세프와의 화해의 의미로 그와 브루데르샤프트(брудершафт – 음주 문화 중 하나로 서로의 우정을 강화하는 의미로 두 사람이 서로 어깨를 교차하여 동시에 술을 마시는 행위)를 하며 술을 마시는 것에 동의한다. 파라토프가 라리사에게 마지막으로 노래를 불러줄 것을 요청하자, 카란디세프는 그 요청의 수락에 반대한다. 이에 대해 라리사는 기타를 들고 '불필요하게 나를 유혹하지 마라'는 로망스를 부르고, 그녀의 노래는 참석자들에게 강한 인상과 여운을 남긴다. 파라토프는 자신이 라리사와 같은 보물을 잃어 버렸다는 사실을 인정하면서 괴로워한다. 그는 곧바로 라리사에게 볼가 강 너머로의 자신들의 피크닉에 동참할 것을 권유한다. 카란디셰프가 자신의 약혼녀인 라리사를 축하하기 위한 건배를 제안하고, 축배를 위한 와인을 가져오려고 무대에서 잠시 퇴장한 사이에 라리사는 어머니에게 작별 인사를 한다.

샴페인을 가지고 돌아온 카란디세프는 손님들이 모두 떠나고 집이 텅 비어 있다는 것을 알게 된다. 모두에게 속임을 당한 카란디세프의 절망적인 독백은 화가 나서 복수할 수밖에 없는 슬픈 남자의 심경을 극명하게 보여준다. 테이블에서 권총을 집어 든 카란디세프는 라리사와 손님들을 찾기 위해 서둘러 무대에서 떠난다.

4막

증기선을 타고 볼가 강을 유람하는 피크닉에서 돌아온 크누로프와 보제바토프는 라리사의 운명에 대해 이야기한다. 그들 두 사람은 모두 파라토프가 자신의 부유한 약혼녀를 지참금 없는 라리사와 바꾸는 선택은 하지 않을 것임을 잘 알고 있다. 보제바토프는 크누로프에게 그들 사이의 경쟁이 초래할 모든 문제들을 제거할 수 있는 해결 방법으로 제비뽑기를 제안한다. 보제바토프에 의해서 던져진 동전은 크누로프가 라리사를 파리의 전시회에 데려 가는 권리를 갖게 되는 것으로 결정된다.

한편, 라리사는 파라토프와 함께 선창가에서 산 위에 있는 낭떠러지 근처로 올라온 후, 그에게 솔직한 대화를 청한다. 라리사는 오직 한 가지 질문에만 관심이 있는데, 그것은 지금 그녀가 세르게이 세르게이치의 아내로 인정이 되는 지 아닌 지이다. 그러나 라리사는 사랑하는 사람이 이미 약혼했다는 소식에 충격을 받는다.

라리사가 카페 근처의 테이블에 혼자 앉아 있고, 크누로프가 이때 등장한다. 그는 라리사에게 프랑스 수도 파리에서 개최되는 전시회에 함께 가자고 제안을 하였고, 그는 그녀가 자신의 초대에 응할 경우 모든 화려함과 사치와 어떠한 변덕이라도 모두 들어줄 것을 약속한다. 이러한 대화 후에 카란디세프가 등장하여 라리사에게 그녀의 부유한 친구들의 진면모를 보도록 설득하면서, 그들은 그녀를 단지 사람이 아닌 물건으로 보고 있다고 이야기한다. 라리사에게는 새로이 규정된 이 '물건'이라는 단어가 자신에게 매우 적합한 것처럼 여겨졌다. 라리사는 약혼자인 카란디세프가 자신에게 너무나 작고 하찮다는 사실을 알리면서, 그녀가 더 이상 순수하고 아름다운 이상적인 사랑을 찾지 못할 바에는 황금을 쫓을 것이라고 흥분한 상태에서 선언한다.

라리사의 말을 듣고 격분한 카란디세프는 '내 것이 아니라면, 누구의 것도 될 수 없다'고 말하며, 라리사를 향해 권총을 발사한다. 라리사는 카페에서 뛰어나온 파라토프와 상인들에게 죽어가는 목소리로 자신이 직접 권총으로 쏘았다고 알리면서, 그녀는 아무도 미워하지 않으며, 모두를 용서하며 사랑한다는 말을 남기고 죽는다.

연극 무대 리뷰

글리케리야 페도토바(Гликерия Федотова)가 라리사의 역할을 연기하고, 알렉산드르 렌스키(Александр Ленский)가 파라토프 역할을 연기했던 말리 극장에서의 초연은 1878년 1월 10일에 공연되었다. 새로운 연극에 대한 흥분은 전례가 없었다. 당시 신문에 보도된 바에 따르면, 작가 표도르 도스토예프스키(Фёдор Достоевский)를 포함하여 "모스크바 전역에서 러시아 연극을 사랑하는 사람들이 전부 다 모였다"라고 언급되어 있다. 그러나 그들의 기대는 충족되지 못했다. 신문 《러시아 통보(Русские ведомости)》의 칼럼니스트는 '극작가는 가장 순진한 관객까지 모든 청중을 피곤하게 만들었다'라고 묘사하고 있다. 이 공연은 오스트로프스키의 창작 전반기에서 가장 큰 실패를 보여 준 작품이다.

마리야 사비나(Мария Савина)가 주인공 역할을 맡았던 알렉산드르 극장에서의 초연은 평론가들의 경멸적인 반응을 조금 약화시켰다. 상트페테르부르크 신문 《새 시대(Новое время)》는 《지참금 없는 처녀》를 기반으로 한 이 공연이 관객에게 '강한 인상'을 남겼다는 사실은 인정했지만, 성공적으로 마쳤다고 평가하지는 않았다.

비평가들은《지참금 없는 처녀》에 참여한 배우들의 연기를 신랄하게 비판했다. 모스크바 신문《주식 통보(Биржевые ведомости)》(1878, No. 325)는 글리케리야 페도토바가 '그 역할을 전혀 이해하지 못했고, 매우 어색하게 연기했다'고 지적했다. 저널리스트이자 작가인 표트르 보보리킨(Пётр Боборыкин)은《러시아 통보》(1879, 3. 23.)에 짧은 기사를 게재했는데, 작품에서 여배우는 '첫 단계부터 마지막 단어까지 그림과 거짓만을 상기시켰다.' 보보리킨은 배우 렌스키가 연기를 실현할 때, 자신의 주인공 파라토프가 끼고 있던 흰 장갑을 '불필요하게 매분마다' 너무 강조했다고 언급하고 있다.《새 시대》의 평론가는 모스크바 무대에서 카란디세프 역을 맡았던 미하일 사도프스키(Михаил Садовский)는 '잘못 연출된 관리 신랑감의 전형'을 보여주었다고 묘사했다.

알렉산드르 극장을 부활시키기 위한 기획으로 1896년 9월에 상연목록에서 오랫동안 사라졌던 연극의 공연이 진행되었다. 베라 코미사르제브스카야(Вера Комиссаржевская)가 연기한 라리사 오구달로바의 역할은 처음에는 평론가들에게 너무나 익숙한 인상과 자극을 불러일으켰다. 그들은 여배우가 '마지막 막에서 멜로극으로 치달을 때, 그녀가 뛰어난 연기력을 보여주었다'라고 썼다. 그러나 관객들은 여주인공이 구혼자들 사이에 있는 것이 아니라, 그들 위에 군림해 있었던 것이며, 이것은《지참금 없는 처녀》의 새로운 무대 버전이라고 이해를 하고 받아들였다. 연극은 점차적으로 러시아 전역의 모든 극장에서 상연되기 시작했다.

예술적 특징과 주인공들의 전형

문학 평론가 보리스 코스텔랴네츠(Борис Костелянец)는 《지참금 없는 처녀》의 공연 역사를 고찰하면서, 오스트로프스키의 동시대 사람들의 부정적인 반응이 '연극 자체의 혁신적인 성격'과 극작가와 관객 사이에서 발전된 불안한 관계와 연관이 있다는 결론에 도달했다. 문학평론가 알렉산드르 스카비체프스키(Александр Скабичевский)는 1870년대 중반에 오스트로프스키는 연극계에서 항상 특별히 정밀하게 연구된 작가들 중 한 명이라고 평가했다. 특히 《지참금 없는 처녀》는 오스트로프스키의 "연극 탐색"의 주요한 작품이 되었는데, 이것은 '체호프의 드라마의 시학을 기대하는 것과 유사하다.' 후에 《갈매기(Чайка)》의 극작가도 비평가들로부터 역동성의 부족에 대한 동일한 비난을 듣게 되었고, 레프 톨스토이(Лев Толстой)도 《산송장(Живой труп)》에 대한 대중들의 평가에서 이러한 비평을 감당해야만 했다.

19세기 후반기 문학에서 주목할 만한 여성의 이미지를 보여주고 있는 라리사는 자신의 독자적인 생각과 행동을 실행하기 위해서 노력한다. 그녀는 인간으로서의 자의식을 가지고 있으며, 결단력을 보여주는 인물이다. 그러나 지참금이 없는 가난한 젊은 여주인공은 그녀를 단지 아름답고 우아하고 화려한 물건으로 인식하는 기존 사회의 냉소적인 도덕성과 충돌하면서 좌절하게 된다.

여주인공인 라리사는 네 명의 숭배자들에 둘러싸여 있으며, 그들은 그녀의 관심을 끌기 위해서 노력하고 있다. 오스트로프스키 연구자인 블라디미르 락신(Владимир Лакшин)의 견해에 따르면, 라리사를 향한 숭배자들의 이러한 구애 행위들은 결코 그녀가 바라는 순수하고 아름

다음 사랑으로 발전하거나 승화되지 못한다. 그런 이유 때문에 보제바 토프는 제비뽑기 내기에서 던져진 동전의 형태가 크누로프를 가리키는 것으로 판명되었을 때도 그다지 아쉬워하지 않는다. 또한 약혼자인 카란디세프조차도 그들과 마찬가지로 라리사를 물건으로 인식하기 시작한다. 그러나 경쟁자들과는 달리, 그는 사랑하는 사람을 다른 사람의 물건으로 인정하고 싶어 하지는 않는다. 지참금의 부재에 따른 모든 문제에 대한 가장 주요한 원인은 젊은 라리사가 마음속에 품고 있는 외로움의 주제로 전이되는데, 그녀의 내면을 차지하고 있는 의지할 곳 없는 외로움이 너무나 커서, 그녀에게는 자신이 '세상과 양립 할 수 없는 존재처럼' 여겨진다.

비평가들은 라리사를 오스트로프스키의 연극 《뇌우(Гроза)》의 주인공인 카테리나의 또 다른 '계승'이라고 인식하였는데. 그들의 운명은 열정과 무모함으로 결합되어 비극적인 결말로 이어진다. 동시에 그들은 러시아 문학의 다른 여주인공들의 특징들을 분명하게 보여 주고 있다. 즉 투르게네프의 소설에 등장하는 아가씨들뿐만 아니라, 도스토옙스키의 소설 《백치(Идиот)》의 나스타시야 필립포브나(Настасья Филипповна)와 동명의 소설에 등장하는 안나 카레니나(Анна Каренина)에 대해 언급하고 있다.

카란디세프도 라리사처럼 가난하다. 크누로프, 보제바토프 및 파라토프와 같은 '삶의 주인공들'의 배경에 대비되어 등장한 그는 무난히 굴욕과 모욕을 받을 수 있는 '작은 인간(маленький человек)'처럼 보인다. 그러나 동시에 그는 여주인공인 라리사와는 달리 빈궁에 따른 희생자가 아니라, 그 잔인한 세계의 일부가 된다. 카란디세프는 자신의 삶을 라리사와 결합시키기를 원하면서, 그는 자신의 도덕적 우월성을 부유한 상인들에게 과시함으로써 예전에 자신을 모욕했던 사람들에게 복수를 하고 싶어 한다. 그는 아직 결혼식 전이었지만 약혼자에게 그들과 함께하는 사회에서 어떻게 행동해야 할지를 지시하려고 한다. 카란디세프는 그녀의 저항의 태도와 반응을 이해할 수 없었는데, 그 이유는 그가 '자신의 계획에 너무 몰입되어 있었기' 때문으로, 그 자신이 두 사람 사이에 존재하는 다양한 견해의 차이와 이유를 심각하게 고민하지 않은 결과에 기인한 것이다.

연구자들은 카란디세프와 도스토예프스키의 '모욕 받은(униженный)' 주인공들을 같은 대열에 세워놓고 대비시켜 고찰하면서, 율리 카피토노비치는 소설 《가난한 사람들(Бедные Люди)》의 마카르 데부시킨(Макар Девушкин)과 소설 《죄와 벌(Преступление и наказание)》의 세묜 자하로비치 마르멜라도프(Семён Захарович Мармеладов)와는 아주 다른 인물이라는 점을 강조하고 있다. 카란디세프는 중편 소설 《지하 생활자의 수기(Записки из подполья)》와 《분신(Двойник)》의 주인공 골랴드킨(Голядкин)이 그의 '문학적 형제들'이다.

도시의 이미지와 등장인물들의 성과 이름의 의미

라리사의 운명이 19세기 중반에서 1870년대로 옮겨진 카테리나의 이야기를 많은 부분에서 반복하고 있다면, 브랴히모프(Бряхимов)는 《뇌우》에서 칼리노프(Калинов)시(市)의 이미지를 동일하게 발전시킨 것이라 할 수 있다. 오스트로프스키는 한 연극을 다른 연극과 분리시키면서, 20년 동안 도시 주민의 주요한 유형들을 많이 바꾸었다. 만일 시골 벽지에서 상인이자 독재자인 디코이(Дикой)가 영향력을 발휘했다면, 이제 그는 유럽식 의상을 입은 '새로운 유형의 사업가' 크누로프로 대체되었다. 마찬가지로 자신의 주변에 있는 모든 생물을 사라지게 했던 카바니하(Кабаниха) 역시 사라져가는 구시대의 인물이 되었다. 《상인의 딸들(Торгующие дочери)》을 대표하였던 그녀는 하리타 이그나티예브나 오구달로바에게 자신의 자리를 내주었다. 디코이의 조카 보리스는 삶의 현실 앞에 굴복하면서 당시의 추세에 따라 화려한 삶을 사는 귀족 파라토프로 변신했다. 이러한 상황에서도 도시 생활의 속도는 변하지 않는다. 브랴히모프에서의 삶은 일상적인 의식의 대상이 된다. 사람들은 매일 오찬을 먹거나, 사모바르 근처에서 오랜 시간 동안 차를 마신다. 그런 다음 카페 주인 가브릴로가 진술하고 있는 것처럼, 도시는 오랜 시간동안의 산책을 통해서만 제거되는 '첫 번째 갑갑증'에 휩싸여 있다. 따라서 크누로프는 '매일 아침 약속을 수행하듯이 정확하게 가로수 길을 앞-뒤로 걸으면서 측정하고 있다'.

보리스 코스텔랴네츠(Борис Костелянец)는 오스트로프스키가 자신의 주인공들의 이름과 성에 특별한 의미를 부여했다고 확신한다. 극작가의 등장인물에 대한 설명에 따르면, 크누로프는 '엄청난 재산을 가진 사람'이다. 등장인물의 성은 '거대한 사업가(крупный делец)'로부터 파생된 것으로 거대한 힘의 감각을 강화시켜 준다. 달리(Даль) 사전에 따르면. '크누르(кнур)'는 돼지(боров), 멧돼지(кабан)를 의미하는 단어이다. 극작가가 '화려한 귀족'으로 특징지어 묘사하고 있는 파라토프라는 성 또한 연극의 페이지에서 그의 성을 우연히 발견할 수 있는데, 그의 성과 연계된 단어는 특히 '쏜살같이 빠르고 맹렬한 개의 품종'을 일컫는 단어 '파라티(паратый)'와 관련이 있다.

하리타 이그나티예브나의 '오구달로바'라는 성은 그녀가 필요한 경우에 사람들을 속이고 유혹할 수 있는 능력을 가진 여성이며, 그러한 장면들을 희곡의 곳곳에서 확인할 수 있다. 그녀의 성은 'оплести(속이다, 꼬아서 엮다)', 'облапошить(기만하다, 속여 먹다)'를 의미하는 동사 "огудать"를 기반으로 하고 있다는 사실을 상기할 필요가 있다.

홍기순

한국외국어대학교 노어과 졸업.
레닌그라드(현 상트 페테르부르크) 국립 대학교 석사.
러시아 국립 사범대학교 박사.
현재 선문대학교 러시아어학과 교수.

논문으로는 「러시아 상징주의 시인들의 시에 나타난 동양적 모티브」 외에 러시아 시와
소설에 대한 다수의 논문이 있음.
역서로는 네크라소프의『누구에게 러시아는 살기 좋은가』, 톨스토이의『소년시절, 청소년
시절, 청년시절』, 체호프의『안톤 체호프 선집5-희곡선』 등이 있음.

지참금 없는 처녀

2022년 11월 15일 초판 1쇄 펴냄

지은이 알렉산드르 니콜라예비치 오스트로프스키
옮긴이 홍기순
펴낸이 김흥국
펴낸곳 도서출판 보고사

책임편집 이순민
표지디자인 김규범

등록 1990년 12월 13일 제6-0429호
주소 경기도 파주시 회동길 337-15 보고사
전화 031-955-9797(대표), 02-922-5120~1(편집), 02-922-2246(영업)
팩스 02-922-6990
메일 kanapub3@naver.com / bogosabooks@naver.com
http://www.bogosabooks.co.kr

ISBN 979-11-6587-378-3 93890
ⓒ 홍기순, 2022

정가 15,000원